한 잎의 유서

한 잎의 유서

초판 인쇄 / 2025년 2월 28일
초판 발행 / 2025년 3월 5일

지은이 / 설봉 | 무연
펴낸곳 / 도서출판 말벗
펴낸이 / 박관식
신고일 / 2007년 11월 2일

주소 / 서울 노원구 덕릉로 127길 25 상가동 2층 204-384호
전화 / 02)774-5600
팩스 / 02)720-7500
메일 / malbut1@naver.com
ISBN 979-11-88286-45-4 03810

www.malbut.co.kr

이북 실향민 1세대 아버지와 2세대 아들의 시산문집

한 잎의 유서

설봉 | 무연 지음

인연, 그 바람은 머물지 않습니다

한겨울 오세암의 밤은 바람과 함께합니다.

바람은 저 푸른 동해에서 마등령을 넘어 오세암을 휘돌아 깊은 설악의 계곡으로 달아나곤 합니다.

잠시 고요히 머물 만도 하지만, 갈 길 바쁜 나그네처럼 횡달아나 버립니다.

사람의 인연도 머물지 않는 바람과 같습니다.

영원히 인연이 이어질 것 같지만, 언젠가 이별이 다가오며, 새로운 인연으로 또 이어집니다.

부모와 자식 간의 인연은 수많은 인연 중에서 가장 고귀하고 깊은 인연입니다.

하지만 이 또한 찰나의 시간처럼 느닷없이 이별이 찾아오며, 덧없는 그리움만 새록새록 깊어집니다.

부처님의 가르침에 따르면 "모든 것은 인(因)과 연(緣)이 합해져 생겨나고, 인과 연이 흩어지면 사라지는 것"입니다.

부모와 자식 간의 인연은 억만 겁을 이어온 업의 결과라고 합니다.

찰나와 같은 이승에서 당신과 같이한 시간이 못내 아쉽고 그립기만 합니다.

비록 당신의 아들은 속가와 인연을 뒤로 하고, 부처님께

귀의한 출가자의 삶을 살고 있습니다.

그런데도 20여 년 전 세상을 떠나신 당신이 너무너무 사무치게 그립습니다.

당신에게 자식 된 도리를 다하지 못한 회한이 여전히 사라지지 않습니다.

살아생전 당신은 수십 편의 시와 수필을 남겼습니다.

하지만 출가 이후 속가 어머니 집에 들러보니, 당신의 유고(遺稿)를 찾을 수 없었습니다.

어머니는 문학에 문외한인 분이었습니다.

아마 유품을 정리하는 과정에서 당신의 원고 묶음까지 몽땅 버렸을 거라고 체념했습니다.

그로부터 20여 년이라는 세월이 훌쩍 지나갔습니다.

얼마 전 속가 어머니 집에 며칠간 머물던 중 뜻밖에도 자식의 간절한 소원을 풀 수 있었습니다.

혹시나 해서 한 가닥 실낱같은 희망을 걸고, 잡동사니가 잔뜩 쌓여 있는 다락방으로 올라갔습니다.

그날 아침부터 밤늦게까지 다락방 안을 샅샅이 뒤지기 시작했습니다.

반나절쯤 뒤진 끝에 낡은 서류용 가죽가방 하나를 발견했습니다.

다락방 구석에 처박혀 있던 낡은 가죽가방에 자연스럽게 시선이 꽂혔습니다.

큰 기대는 별로 하지 않았습니다. 그 가죽가방 안을 무심코 건성으로 열어보았습니다.

그러자 놀랍게도 그 가방 안에는 조금도 훼손되지 않은 당신의 유고(遺稿)가 들어 있었습니다.

이런저런 우여곡절 끝에 당신의 유고를 기어이 찾아냈던 것입니다.

설악산 오세암으로 돌아온 이후 당신의 육필 원고를 반복해 읽어 보았습니다.

여러 밤을 지새우며, 불효자식은 눈물짓곤 했습니다.

그동안 미처 몰랐던 당신의 새로운 면모를 엿볼 수 있었고, 당신의 참마음을 읽을 수 있었습니다.

마치 돌아가신 당신이 현실에 존재하는 것처럼 생생히 느낄 수 있었습니다.

당신과 생전에 못다 한 대화를 나누려 합니다.

이젠 찻잔을 사이에 두고 마주앉아 정다운 대화를 서로 함께 나눌 수 없습니다.

아버지, 하고 큰 소리로 부를 수도 없습니다.

살아생전 당신이 남긴 시와 수필을 통해 시공을 초월한 부자(父子)간의 대화를 나누려 합니다.

이들 유작에 대한 소감과 아울러 당신의 생애 및 가족사 등을 통해 마음의 대화를 이어 나가려 합니다.

사람의 인연은 머물지 않고 흘러갑니다.

찰나의 시간에 어디서 와서 어디로 흩어지는지 정말 알
수 없습니다.

바람이 지나간 그 자리에도 진심은 영원히 사라지지 않
는다고 믿습니다.

진심은 시공을 초월해 전해지는 것입니다.

남은 생을 사는 동안 진심을 소중히 여기고, 귀하게 마음
에 새기며 살아가렵니다.

바람에 실어 보내는 아들의 편지글을 읽으며, 허공에서
흐뭇한 미소를 짓는 당신의 모습을 그려봅니다.

차례

축하의 글

한 잎의 유서(遺書)

파아란 하늘 아래
짙푸른 잎새

꿈 깨어보니
단풍잎 붉게 물들어
여기 허공에
흩날려 사뿐히 내려앉는다

오늘도
흰 구름 속 조각배
세월을 싣고
정처 없이 노 저어간다

미련도 후회도 한(恨)도 없는
영주(永住)의 신천지
햇빛 받은 원시림은
다시 늘 푸르리

(1995. 만추)

13

시인의 꿈

「한 잎의 유서」는 이북 함경도 출신 실향민 아버지의 묘
비명입니다.

무명시인인 당신은 '한 잎의 유서'라는 시를 묘비명으로
남기고, 자연의 품 안으로 돌아가셨습니다.

이북 실향민 1세대 어른 대부분이 그렇듯이, 당신 또한
북녘 고향 땅을 끝내 밟지 못하고 세상을 떠나셨습니다.

광활한 우주에서 본다면 우리 인간은 대자연의 미미한
개체에 지나지 않습니다.

인간이든 나뭇잎이든 대자연의 품안으로 돌아가는 생사
의 이치는 똑같습니다.

당신은 대자연의 엄숙한 진리를 겸허히 받아들인 분이었
습니다.

그러기 때문에 「한 잎의 유서」라는 시를 묘비명으로 남겼
던 것입니다.

함경남도 홍원은 북청 사자놀이와 북청 물장수로 유명한
북청과 이웃한 군입니다.

조선 선조 대에 홍원 출신 관기 홍랑과 사대부 시인 최경창
의 애틋한 사랑 이야기로 널리 알려진 고장이기도 합니다.

당신의 본적은 함경남도 홍원군 경운면 좌상리 226번지입니다.

당신의 생년월일은 1919년 3월 1일(음력 2월 7일)입니다.

이 땅의 민중이 삼천리 방방곡곡에서 3·1 독립 만세운동이 시작된 바로 그날, 가난한 소작농의 맏아들로 태어났습니다.

바로 그 무렵, 서울에서 거세게 불기 시작한 3·1 독립 만세운동의 열기가 전국 방방곡곡으로 퍼져나가고 있었습니다.

그 당시 이십 대 후반인 할아버지도 홍원 군민과 함께 대한 독립 만세를 외치며, 장터에서 시위에 가담했다고 합니다.

홍원군지 기록에 따르면 그날은 1919년 3월 22일이었습니다.

장날인 그날, 평범한 농부인 할아버지도 일본 순사한테 끌려가 며칠간 주재소에서 심한 고문을 당했다고 합니다.

고문 후유증으로 인해 한 해 농사를 제대로 짓지도 못했다고 합니다.

할아버지는 몇 달간 허리를 펴지 못한 채 자리에 몸져누워 지내야 했습니다

그런 어둡고 암울한 일제강점기에 태어난 당신은 한평생 인생살이가 그리 순탄치 못했습니다.

소년 시절, 당신은 가정 형편이 어려운 탓에 보통학교도 제대로 마치지 못했습니다.

그래도 평생 배움의 굶주림 속에서 스스로 배움을 닦으신 분이었습니다.

청년 시절 당신은 하마터면 태평양전쟁의 총알받이로 끌

려갈 뻔했습니다.

운 좋게도 호적 정정에 따른 연령 초과로 징집대상에서 빠져나올 수 있었습니다.

한국전쟁 당시 인민군 보충병으로 강제 징집당해 끌려가는 도중 극적으로 탈출하기도 했습니다.

해방 이후 당신은 북한 공산당 체제의 이념과 사상을 따르지 않았습니다.

그 때문에 북한 공산당 체제에서 자아비판을 수차례 강요당했으며, 반동분자로 몰리기도 했습니다.

남한으로 피난 내려온 이후 고향의 처자식, 형제자매와 영영 생이별하는 아픔을 겪기도 했습니다.

설봉·무연의 시산문집 『한 잎의 유서』를 뒤늦게 펴냅니다.

살아생전 당신이 겪어온 인생의 굴곡과 애환이 담겨 있는 시산문집입니다.

덧붙여 이북 실향민 1세대 아버지를 추모하는 실향민 2세대 아들의 글도 함께 수록했습니다.

지난날 당신은 기성 문인들과 함께 어울려 지낸 적도 없습니다.

한국 문단의 변방에서 철저히 외톨이로 살다가 돌아가셨습니다.

오직 밥벌이에만 몰두하는 사람들은 문학의 위대함을 잘 모릅니다.

그래도 문학을 통해 당신은 참된 인생의 가치와 삶의 의

미를 찾으려 했습니다.

비록 배움은 그리 많지 않아도 인생을 깊이 사색하며, 정말 진지하게 사신 분이었습니다.

2000년 4월 3일(음력 2월 29일), 당신은 파란만장한 생애를 마감하고 허공으로 돌아가셨습니다.

이어 4월 5일 한식날, 경기도 남양주시 별내면 청학리에 있는 홍원군 고향 묘지에 안장되었습니다.

사후 20여 년이 지나서야 뒤늦게 당신의 생전 소망인 시인의 꿈을 드디어 이루어 드립니다.

그리운 아버지, 사랑합니다.

사무치도록 너무너무 사랑합니다.

먼 훗날, 당신의 아들이 죽어 남긴 뼛가루가 당신의 봉안묘에 함께 안치되기를 간절히 소망합니다.

옛 동무

꽃피는 4월 봄날
그대와 둘이 함께 진달래 꺾던
옛 동산에 올라
장밋빛 미래를 꿈꾸던 푸른 잔디 위에
나 지금 홀로 앉아 있노라

그대 가고 없는 옛터에서
그 이름 불러봐도
그 사람 대답 없구나

소쩍새 우는 여름밤
그대와 둘이 함께 노래 부르던 개울가에
나 지금 홀로 서 있노라

잔잔한 물소리 그대로이건만
저 물 따라 가버린 그 사람
어디로 떠나갔는가

갈대꽃 날리는 쓸쓸한 가을 저녁

그대와 둘이 함께 거닐던 오솔길
나 지금 홀로 걷고 있노라

쓰러진 물레방앗간 쪽에
귀뚜라미 울음소리 여전한데
그때 그 사람 어디로 사라졌는가

눈 오는 겨울날
부엉새 우는 컴컴한 저녁
나 지금 홀로 그대를 애타게 그리워하노라

그대와 둘이 마주 앉아 술잔을 함께 들던
주막집 불빛이 아련하다
그대가 세상을 떠난 그날이 오면
추억에 사무쳐
그대가 즐기던 옛노래
외로이 불러본다

(1948. 만추. 20대에 요절한 문우 김선보를 그리워하며)

참된 우정과 의리

당신의 시 중에서 가장 연도가 오래된 시입니다.

북녘 고향에서 가장 친하게 지내던 문우 김선보 아저씨를 그리워하며, 옛 추억을 회상하며 쓴 시입니다.

김선보 아저씨는 청년 아버지의 유일한 문우였습니다.

일제강점기에 그분은 극작가를 꿈꾸던 문학청년이었습니다.

그러나 안타깝게도 자신의 이상을 끝내 펼치지 못했습니다.

불과 반세기 전만 해도 폐결핵은 불치병이었습니다.

김선보 아저씨는 폐결핵을 앓아 장가도 못 가고, 20대에 요절했습니다.

살아생전 당신은 다정다감하며, 친구에 대한 정과 의리가 유독 각별했습니다.

아홉 살 때 서울로 이사 오기 전, 충남 논산에서 살던 유년 시절의 기억이 불현듯 떠오릅니다.

논산 화지 중앙시장 입구에서 양화점에 딸린 방에서 살던 무렵이었습니다.

그곳 시장에서 당신은 털실가게 아저씨와 목수 아저씨와 아주 친하게 지냈습니다.

세 분 모두 이북 함경도 아바이 출신이었습니다.

그러다 보니, 세 분은 타향에서 서로 의지하며 가깝게 지내는 사이였습니다.

그런데 어느 여름날, 털실가게 아저씨가 가정사 문제로 고민 끝에 최악의 선택을 하고 맙니다.

지금도 그날이 생생히 기억납니다. 그 당시 여섯 살 아들은 꼬마 철학자였습니다.

논길을 걸어가면 해가 왜 따라오는지, 그림자가 왜 생기는지 등등…….

자신을 둘러싼 세상과 사물에 대해 끊임없이 물음표를 던지며, 그 이유가 늘 궁금했습니다.

꼬마 아들은 집 근처 도랑에서 잡은 붕어나 미꾸라지를 혼자 해부해 보기도 합니다.

또 한편으로는 사람의 몸속은 어떻게 생겼을까, 몹시 궁금해 했습니다.

그러던 어느 날, 그 희한한 소원이 풀리는 날이 마침내 찾아왔습니다.

햇볕이 쨍쨍 내리쬐던 어느 여름날이었습니다.

오후 무렵, 갑자기 온동네가 시끌시끌 소란스러웠습니다.

"사람이 죽었다"라고 외치는 동네 아이들의 함성이 대문 밖에서 들려 왔습니다.

꼬마 아들은 마당에서 혼자 구슬치기하다가 놀이를 바로 멈췄습니다.

아이들의 말에 깜짝 놀라 대문 밖으로 쏜살같이 뛰쳐 나갔습니다.

이웃집 아이 한 명을 불러 세운 다음, 죽은 사람이 어디에 있느냐며 몹시 들뜬 목소리로 물었습니다.

그러자 동네 아이가 손가락으로 한 방향을 가리켰습니다.

동성국민학교 쪽 철교 부근에 죽은 사람이 있다고 알려 주었습니다.

꼬마 아들은 가슴이 쿵쾅쿵쾅 마구 뛰었습니다.

죽은 사람의 모습을 보기 위해 철길 쪽으로 냅다 뛰기 시작했습니다.

뜨거운 뙤약볕 아래에서 숨을 학학거리며 철길을 10분쯤 달렸던 것 같습니다.

그런데 막상 철교 근방에 도착해 보니, 죽은 사람이 보이지 않았습니다.

철길 주변을 여기저기 둘러보았습니다.

철길 옆에 뭔가 덮은 신문지가 보였습니다.

저게 뭘까, 강한 호기심이 일어 그쪽으로 다가갔습니다.

신문지를 살짝 펼쳐보니, 붉은 창자 덩어리가 가득 들어 있었습니다.

창자 덩어리 위에는 여러 조각으로 깨진 금테 안경테가 얹혀 있었습니다.

꼬마 아들은 죽은 사람의 창자임을 금세 알아차렸습니다.

죽은 사람의 머리라든지, 잘려 나간 팔다리는 보이지 않았습니다.

아마 이미 다른 데로 따로 옮긴 것 같았습니다.

꼬마 아들은 평소의 궁금증을 풀 수 있었지만, 크게 실망하고 말았습니다.

장날 푸줏간에서 보았던 소, 돼지의 창자 덩어리가 죽은 사람의 몸속에 똑같이 들어 있었던 것입니다.

꼬마 아들은 신문지를 도로 덮어놓았습니다.

그런 다음, 뒤돌아보지 않고 집 방향으로 힘껏 달리기 시작했습니다.

당신은 며칠간 집에 들어오지 않았습니다.

사흘쯤 지나서야 당신이 얼큰히 술 취한 모습으로 집에 돌아왔습니다.

저녁 무렵, 꼬마 아들은 당신과 어머니가 주고받는 대화를 통해 자초지종을 듣게 되었습니다.

그제야 며칠 전 철로에서 자살한 분이 알고 보니, 바로 털실 가게 아저씨임을 알아챘던 것입니다.

1960년대만 해도 가정집 부인이 외간 남자와 둘이 만난다는 그 자체만으로도 큰 흉이 되던 시절이었습니다.

털실가게 아저씨의 부인은 교회를 갓 다니기 시작한 새 신자였습니다.

안타깝게도 그분은 부인이 남자 전도사와 바람난 줄 오해하고 절망한 나머지 자살한 것이었습니다.

그분의 장례식 날, 머리와 몸통이 끔찍이 잘려 나간 시신을 염하려는 사람은 아무도 없었습니다.

당신은 성격이 담대하고, 담력이 아주 강한 분이었습니다.

고심 끝에 당신은 동물병원의 수의사를 설득해 불러들였습니다.

그리고 수의사와 합심해 토막난 시신을 수술용 바늘로 직접 꿰매 붙였습니다.

당신은 친구분을 온전한 시신으로 만들어 정성껏 장례를 치러 줬던 것입니다.

서울로 이사 온 이후 목수 아저씨와 연락이 끊겨 10여 년간 서로 소식을 몰랐습니다.

그러다 목수 아저씨가 중병에 걸려 돌아가신 사실을 뒤늦게 알게 되었습니다.

그해 추석날, 당신은 고등학생이 된 아들과 함께 그분의 산소를 찾아갔습니다.

남양주 별내면 청학리에 있는 홍원군 공원묘지에 그분도 안장되어 있었습니다.

그날 오전, 당신은 그분의 산소 앞에서 30분 넘게 슬픔을 못 이기고 오열했습니다.

고향 친구분을 깊이 애도하던 당신의 모습이 지금도 아련히 떠오릅니다.

어느덧 시대가 바뀌어 세상 살기가 더욱 바빠지고, 사람들은 점점 영악해져 갑니다.

이젠 친구들에 대한 살가운 우정이나 의리가 자꾸 메말라 가는 삭막한 세상입니다.

가까운 고향 친구분들이 세상을 떠난 뒤에도 변함없이 우정을 지켜주던 당신이 너무너무 그립습니다.

3·8선을 넘으며

땅땅땅 삼연발 마지막 신호총 소리
산골짜기에 울려 퍼지던 그날 밤
나의 혈맥은 뜨거운 피로 용솟음쳤다
우린 정녕 고향을 떠나야만 하는가

황혼에 잠들은 정든 땅 뒤에 두고
물결 사나운 송령 포구에서
나룻배에 몸을 싣고
검은 물결 위 눈보라 몰아치던
캄캄한 항로
어찌 잊으랴
1950년 12월 12일 밤을

조각달 흐릿한 돛대 밑에서
쳐다보는 달빛 속에
향수 어린다
아, 꿈 같은 슬픈 이별
무정한 밤이여
우린 동방의 백의민족

나라도 겨레도 하나이건만
국토 양단 외면하고
동족상잔 웬일인가

오, 20세기 민족사에 피 물든
종족의 아픔
떠나는 뱃머리에 눈물 흘리며 헤어지던
안타까운 그 사람들

배 떠나니 비극의 서막이 사라진 채
허허바다 위에
무심한 갈매기 떼만 오락가락
포구를 지나 물 위에 우뚝 솟은 작도는
혹한의 적설에 덮여 곤히 잠든 양 고요한데
바위에 부서지는 파도 소리만 철썩인다

고향의 여름 작도의 뱃놀이도 그 언제였는가
물 위에 기약 두고
우린 떠나간다

작도야, 잘 있거라
용와산 품에 안겨
경포만도 잘 있거라

아, 3·8선이 가로막은
남과 북
이젠 눈물이 피가 되어 흐른다

사공아, 풍파를 헤쳐라
저 멀리 수평선 너머
평화의 새벽 종소리 들려온다
숙원 실은 황포돛배여
통일로 가는 길목
3·1의 옛터 찾아가자

동해 물결아, 말해다오
너는 조국의 정체를 싸안고
삼천리 금수강산의 역사를 일궈냈다
오늘 우린 분단의 아픔을 싣고

저 3·8선 넘어
넓고 푸른 네 품 안에 운명 맡긴 채
정처 없이 흘러 내려가나니
내일은 어느 항구 선창가에
뱃머리를 돌려야 하는가

출렁출렁 너의 음파 타고
내 가슴도 파도치고 있다
검은 수평선 너머
긴 어둠 뚫고
모진 태풍 헤쳐 나가는
희망의 돛단배여

새벽녘 먼동이 터온다
동해의 아름다운 해돋이여
이 겨레의 어두운 마음속에
서광을 비춰다오

원한의 3·8선 너머

멀리 주문진 앞바다가 보인다

새 아침이 밝아온다
거침없으라
무적선(無敵船) 가는 항로
다시 부르자
3·1의 곡조를
우리 함께 가자
동트는 자유의 대지
겨레의 평화항구 찾아서

(1950. 12. 수로에서)

30

이별의 송령 포구

1945년 해방 이후 월남한 사람 중에는 친일파나 대지주 출신, 기독교인들이 많습니다.

그런데 한국전쟁 중 월남한 사람의 경우, 앞선 실향민들과 입장이나 사정이 확연히 다릅니다.

다만, 북한 공산주의 체제에서 도저히 살 수 없어 고향을 떠난 점은 똑같습니다.

대한적십자사에서 발행한 이산가족 백서에 따르면 해방 뒤 월남한 이북 실향민은 350만 명으로 추정합니다.

한국전쟁 중 국군과 유엔군을 따라 월남한 이북 실향민은 150만 명으로 추정합니다.

한국전쟁 당시의 북한 인구를 1000만 명으로 추정하면 전쟁 기간에 7명 중 1명이 월남했던 것입니다.

게다가 북녘 고향에 남은 분들은 대부분 연로한 부모님과 처자식들이었습니다.

월남한 이북 실향민 1세대 어른 상당수는 20·30대 남자로 집안의 가장이었습니다.

고교 시절, 국사 교과서에서 배웠던 기억이 생각납니다.

한국전쟁 직후, 북한 청장년층 남녀간의 비율이 한때 1대 9였다고 합니다.

오늘날 이북 실향민 1세대 어른들의 아픔은 남북분단의 가장 비극적인 결과물입니다.

그분들은 국군이 곧 수복할 거라는 믿음 속에서 일시적으로 피신했습니다.

전쟁이 끝나면 당연히 모두 고향 집으로 되돌아가리라 굳게 믿었습니다.

살아생전 북녘 고향 땅을 한번 밟아 보는 것이 그분들의 간절한 소망이었습니다.

어느덧 북녘 고향을 떠나온 지 70여 년의 세월이 흘렀습니다.

그러나 그분들은 사랑하는 부모형제, 처자식을 끝내 만나지 못했습니다.

망향의 설움과 혈육을 향한 그리움 속에서 한 맺힌 삶을 살다가 저세상으로 떠나셨습니다.

한국전쟁 당시, 황포돛배를 타고 월남하는 이북 실향민 1세대 어른들의 모습을 머릿속으로 상상해 봅니다.

1950년 12월 12일 그날 밤, 홍원의 송령 포구는 눈보라가 심하게 몰아쳤다고 합니다.

당신 일행은 송령 포구에서 가족들과 눈물 흘리며 서로 작별인사를 나눕니다.

그리고 평생 마지막 만남인 줄 모른 채 황포돛배에 몸을 싣습니다.

황포돛배의 크기와 면적이 어느 정도인지는 가늠할 수

없습니다.

그 배에는 피난민 수십여 명이 가득 탔습니다.

그분들 대부분은 이북 공산당 체제에 동조하지 않는 분들이었습니다.

그 당시 서른두 살 청년인 당신은 그분들을 통솔하는 부단장이었습니다.

이윽고 당신 일행은 사나운 동해 물결에 자신들의 운명을 떠맡깁니다.

눈보라가 몰아치는 망망대해 앞에서 아무도 앞날을 예측할 수 없습니다.

그래도 이북 실향민 1세대 어른들은 고난과 역경을 잘 헤쳐 나갑니다.

당신 일행은 선상에서 굶주림과 혹한 속에서 꿋꿋이 버텨냅니다.

흥남 철수 작전 당시 최신식 미 군함으로 흥남에서 부산항까지 항해가 무려 28시간 걸렸다고 합니다.

흥남부두에서 그리 멀지 않은 홍원 송령 포구에서 주문진항에 도착하려면 얼마쯤 시간이 걸렸을까요.

주문진항은 물론 부산항보다 훨씬 거리가 가깝습니다.

그래도 낡은 돛단배의 속도로 보아, 적어도 3~4일쯤 걸리지 않았을까요.

아마 당신 일행은 천신만고 끝에 삼팔선을 넘어 주문진항에 도착했을 것입니다.

이 시는 월남할 당시 청년 아버지가 선상에서 피 끓는 심정을 절절히 기록한 시입니다.

또한 한국전쟁 중 처절하게 생존해야 했던 이북 실향민 1세대 어른들의 피맺힌 증언이기도 합니다.

이 시를 읽은 총체적인 느낌은 뭐랄까요.

마치 한 편의 서사시를 읽은 듯한 웅장한 느낌이 든다고나 할까요.

이북 실향민 2세대 아들은 청년 아버지의 뜨겁고 힘찬 기상을 느낄 수 있었습니다.

청년 아버지는 3·1운동의 정신을 계승한 한겨레의 남북통일을 강렬히 열망하고 있었습니다.

끔찍한 동족상잔이 벌어지는 한국전쟁의 비극 속에서도 겨레와 조국의 밝은 미래를 꿈꾸고 있었습니다.

청년 아버지는 미래에 대한 희망을 잃지 않고, 꿋꿋이 인생을 살아가는 낙천주의자였습니다.

난중항해

오대산 마루에서 총포 소리
쿵쿵 들리는데
동지섣달 설한풍(雪寒風) 맞으며
검은 물결 파도치는 준령(峻嶺)가에
구름같이 몰려드는 보따리 꾼들아
그대들이 가는 뱃길 어디냐

어제는 흥남부두
오늘은 주문진항에서 닻줄 감으며
내일은 부산항에서 뱃줄 던져야 할
유랑 인생들

떠나는 똑딱선 증기 속에
나부끼는 태극 깃발이여
만고풍상 굽이굽이 선열과 함께
오늘도 수난 길에
늠름히 휘날리며
한 많은 민족의 선봉에서
이 강토를 지켜다오

숭고한 민족의 벗
영원한 역사의 태극 깃발이여
갈라진 이 국토의
통일의 길잡이가 되어다오

아침 햇살 퍼지는 끝없는 수평선
동해 물결 위로
흘러가는 황포돛배여
보고, 들어라
바다의 격동을

하늘이여, 땅이여
삼천만 동포여
우리 함께 가자
삼천리 금수강산
종족의 복지항구 찾아서

(1950. 12. 주문진항을 떠나며)

주문진항을 떠나며

청년 아버지가 황포돛배를 타고 3·8선을 넘어 월남한 직후로 짐작됩니다.

'오대산 마루에서 총포 소리가 쿵쿵 들리는' 주문진 항구에서 느꼈던 당신의 소회를 쓴 시입니다.

고향 홍원에서 피난 내려온 일행과 함께였는지, 당신 혼자였는지는 알 수 없습니다.

그 당시 주문진 항구에는 이북 각지에서 피난민들이 타고 내려온 배들이 많았던 모양입니다.

태극 깃발을 휘날리는 똑딱선도 항구에 보입니다.

'떠나는 똑딱선 증기 속에 나부끼는 태극 깃발'을 바라보며, 당신은 마음속으로 간절히 염원합니다.

'한 많은 민족의 선봉에서 이 강토를 지켜달라고', '갈라진 이 국토의 통일의 길잡이가 되어다오'라고.

「난중항해」는 이북 실향민 1세대 어른들의 가슴 절절하면서도 생생한 한국전쟁의 현장 비망록입니다.

이 시를 통해 이북 실향민 2세대 아들은 우리 부모님 세대의 비극적인 삶에 깊은 연민을 느끼게 되었습니다.

한국전쟁을 겪는 동안 생사의 고비를 숱하게 넘겨야 했

던 우리 부모님 세대를 비로소 이해하게 되었습니다.

오늘날 대한민국은 우리 부모님 세대의 무한한 희생과 헌신 덕분에 선진국 반열에 올라섰습니다.

대한민국 국민의 한 사람으로서 풍요롭게 살아가는 2세대, 3세대, 4세대의 인생 축복에 그저 감사드릴 뿐입니다.

여수(旅愁)

대관령 붉은 노을도 회색막(灰色幕)을 내려
황혼이 깊어 가는데
허덕허덕 고갯길 힘없이 넘어가는 나그네여
지금 어디로 걸어가고 있는가

오늘은 얼음 고개에서
노모의 손길을 잡고
내일은 눈벌판에서
처자를 이끌고
영남(嶺南) 가는 길 찾는
황야의 나그네여

날 저문 산간에 길 찾는 갈매기야
너도 같이 가려무나
백양나무 서 있는 두메 마을에서
토막잠 속에 꿈 깨어
잠시 쉬어가던 초가삼간이 아쉽다

날이 가고 달이 바뀌어 가고

봇짐 위 호밋자루에
향수 어린다
가도 가도 정처 없는 유랑의 설움만……

단봇짐에 피곤한 몸으로 충주 고을에 찾아드니
이 마을 제현(諸賢)들은 다 어디로 가고
폐촌(廢村)의 쓸쓸한 빈집에서
몰아치는 설한풍(雪寒風)에 문풍지만 울어댄다

충주 땅 옛 주인이 떠나간 발자취여
너무 서글프다
그 누가 이 백의 민족을 이다지도 고통으로 몰아가는가
충주여, 옛 주인 간 곳 모르거든
이 나그네에게 물어다오

6·25라는 거센 역사의 폭풍우에 시달린
깊은 상처 쓸어안으며
한 많은 수심가(愁心歌) 부르다가
날 밝으면 저 산 넘어 눈 고갯길에

앞서간 뒷자욱 찾아 나도 가련다

초롱불 가물가물 추억이 타오른다
팔베개에 잠 못 이뤄 창문 열고
잿빛 하늘만 하염없이 바라본다
창밖엔 고달픈 나그네의 회한이
함박눈 되어 부슬부슬
소리 없이 내린다
애타는 가슴속으로
밤새도록 내려 눈물이 흐른다

아, 인생살이 한 세상이 험난하다
천리객창(千里客窓) 눈 내리는 충주 고을의 하룻밤이
왜 이다지도 내 마음을 슬프게 만드는가

정한(情恨)의 밤
고난의 밤
시련의 밤이여
어서 어둠을 걷어다오

뜬 눈으로 이 밤 지새다가
먼 동이 틀 무렵
해 돋는 삼천리 희망의 종소리를
찾아가리라

충주여, 잘 있거라
우리 가는 여정(旅程)에 새봄 찾아와
금수강산 방방곡곡 무궁화 송이 활짝 필 때
고향 가는 나그네
다시 충주 찾아 들리라

(1950. 12. 피난길에 충주를 지나며)

피난길 충주에서

주문진을 떠난 직후 청년 아버지는 폭격을 피해 발길 닿는 대로 충주 고을에 찾아듭니다.

고향 홍원 송령 포구에서 황포돛배를 타고 월남한 피난민 일행은 저마다 살길을 찾아 뿔뿔이 흩어졌으리라 짐작됩니다.

어쩌면 피난민 일행 중 몇 명이 당신과 동행했는지도 모릅니다.

'우리 가는 여정에 새봄 찾아와'라는 시 구절로 짐작해보면 그럴 개연성도 있습니다.

마을 사람 모두 떠나간 '폐촌의 쓸쓸한 빈집'에서 청년 아버지는 하룻밤을 머물게 됩니다.

'몰아치는 설한풍(雪寒風)에 문풍지만 울어 대는' 그날 밤입니다.

청년 아버지는 '팔베개에 잠 못 이뤄 창문 열고/잿빛 하늘만 하염없이' 바라봅니다.

'초롱불 가물가물 추억이' 타오르며, 고향에 두고 온 처자식을 떠올려 봅니다.

청년 아버지는 북녘 고향에 처자식을 두고 월남했습니다.

이북에서 청년 아버지는 딸 셋을 두었는데, 막내딸은 어릴 적 폐병으로 사망했습니다.

월남하기 직전, 이북 어머니는 만삭의 몸이었습니다.

며칠 지나면 아기를 출산할 예정이었습니다.

하지만 그 당시 중공군의 개입으로 인해 전세가 몹시 긴박한 상황이었습니다.

게다가 당신은 국군 체제에서 고향 마을의 치안 책임자였습니다.

목숨이 위태로운 청년 아버지는 태중 아기의 얼굴조차 못 본 채 황급히 고향을 떠나야만 했습니다.

기나긴 겨울밤, 청년 아버지는 처자식 걱정으로 잠 못 이룹니다.

엄동설한에 아내는 무사히 아기를 잘 낳았을까.

태어난 아기는 아들일까, 딸일까.

마을을 점령한 인민군에게 반동분자의 아내라는 이유로 온갖 고초를 겪고 있는 건 아닐까.

창밖에서 펄펄 내리는 함박눈을 바라보노라니, 소리 없는 눈물이 절로 새어 나옵니다.

그날 밤, 북녘 고향에 두고 온 처자식을 그리워하며 어떤 수심가를 불렀는지 알 수 없습니다.

청년 아버지는 험난한 인생살이에 남몰래 눈물로 밤을 지새웁니다.

하지만 그래도 절대로 용기와 희망을 잃지 않습니다.

현재의 삶을 비관하지도 않으며, 절망하지도 않습니다.

이북 실향민 1세대 어른 모두가 그렇듯이, 다시는 영영 고향 땅을 밟지 못하리라고는 꿈에도 생각하지 않습니다.

청년 아버지는 언젠가 북녘 고향에 꼭 돌아갈 거라고 굳게 믿습니다.

아주 특별난 부부의 인연

청년 아버지는 충주를 거쳐 대전으로 홀로 피난 내려갑니다.

그 뒤 대전에서 피난민 식량 배급소 관리 책임자로 일하게 됩니다.

청년 아버지는 식량을 배급 타러 온 외할머니 가족을 우연히 알게 됩니다.

이북 실향민 1세대 어른 대부분이 그렇듯이, 청년 아버지는 외할머니의 중신으로 어머니와 새 가정을 꾸리게 됩니다.

두 분은 충남 논산에 정착해 슬하에 1남 4녀의 자녀를 둡니다.

어머니는 서울 종로구 소격동이 본적인 서울 토박이 집안입니다.

살아생전 외할머니의 말씀에 따르면 안운겁 외증조부는 고종 때 문과 초시에 합격한 분이었습니다.

외증조부는 향리에서 안초관으로 통했는데, 서울 청파동 일대의 덕망 있는 향장이었다고 합니다.

알다시피 일제는 동양척식주식회사를 앞세워 국유지를 불하하는 형식으로 조선인의 토지를 강제로 빼앗았습니다.

일제는 청파동 일대의 민간인 토지도 모두 국유화하여 빼앗으려 했습니다.

그 당시 그 일대의 토지 국유화를 결정적으로 막아낸 분이 바로 외증조부였다고 합니다.

향리 책임자였던 외증조부는 일제의 강요와 협박에도 끝내 굴복하지 않았다고 합니다.

외증조부는 그 일대의 토지를 국유화하는 문서 서명을 한사코 거부했다고 합니다.

살아생전 외할머니로부터 그 일화를 들은 적이 있었습니다.

해방 뒤 청파동 일대 주민 중에서 외증조부의 공적을 기리려는 분들이 적지 않았다고 합니다.

한국전쟁이 터지기 전만 해도 그곳 주민들 사이에 안초관의 공덕비를 세워야 한다는 말들이 오갔다고 합니다.

구한말 외증조부는 전처를 일찍 여의었습니다.

그래서 홀아비로 어린 딸을 어렵게 키우며 지내던 중 외증조모와 재혼했다고 합니다.

장운선 외증조모는 장씨 집안의 무남 2녀 중 맏딸이었습니다.

그런데 양반가의 부잣집 규수가 가난한 홀아비의 후처로 가게 된 사연이 너무 기구합니다.

구한말, 슬프게도 대한제국의 아픈 역사가 어머니 집안에도 깊이 연관되어 있었습니다.

1895년 10월 8일, 일본인 자객들이 경복궁을 습격해 명성황후를 살해한 사건이 벌어진 바로 그날이었습니다.

그날 저녁 무렵, 일본인 자객 몇 명이 경복궁 근처 민가에 쳐들어왔다고 합니다.

그 당시 스무 살인 외증조모는 마당 우물가에서 일본인 자객들에게 붙잡혀 강제로 능욕당했다고 합니다.

그 뒤 외증조모는 덜컥 임신이 되었다고 합니다.

양반집 규수가 아이를 뱄으니, 당연히 혼삿길이 막히게 되었습니다.

노심초사 끝에 외증조모의 부친은 맏딸의 혼처감을 비밀리에 물색했다고 합니다.

외증조모의 부친은 솔직히 속사정을 털어놓은 다음, 외증조부의 후처로 결혼을 성사시켰다고 합니다.

그 당시 외증조모는 만삭인 배를 감추기 위해 혼례도 저녁에 치렀다고 합니다.

결혼한 뒤 두 분은 슬하에 4남 1녀를 두었습니다.

그 내막까지는 자세히 알 수 없지만, 일본인 자객의 아기는 사산했다는 얘기만 나중에 전해 들었습니다.

일제강점기에 외할아버지 4형제는 모두 철공 기술자였습니다.

외증조모는 아들들을 보통학교만 졸업시킨 다음, 철공소 일을 배우게 했다고 합니다.

부부의 연을 맺은 이후, 외증조모는 부잣집 친정의 경제적 도움을 많이 받았다고 합니다.

또 한편으로는 대궐의 궁중예복이나 사대부 계층의 의복 짓는 일을 해서 집안 살림을 혼자 도맡아 꾸려 나갔다고 합니다.

그러다 보니 학문밖에 모르는 외증조부의 심한 반대에도 불구하고 외증조모가 단독으로 내린 결단이었다고 합니다.

이젠 학문보다는 기술을 배워야 밥 먹고 사는 시대라는 것이 외증조모의 평소 지론이었다고 합니다.

1960년대 무렵만 해도 한국 농촌은 대장간에서 제작한 농기구를 사용했습니다.

일제강점기의 철공소 기술은 요즘으로 치면 최첨단 포스코 기술이었던 셈입니다.

외할아버지 형제들은 일본인 기술자 밑에서 철공 기술을 열심히 배운 다음, 20대에 따로 독립했다고 합니다.

그 뒤 서울에서 철공소를 운영하며, 장안의 부자로 떵떵 거리며 잘살았다고 합니다.

둘째인 외할아버지 집에는 풍금, 측우기 따위도 있었다고 합니다.

잘 훈련된 셰퍼드도 집에서 길렀다는데, 태평양전쟁 당시 군견으로 차출되었다고 합니다.

그러나 한국전쟁이 일어난 이후, 한순간 외갓집은 몰락하고 맙니다.

외갓집은 딸만 아홉, 여자 쌍둥이만 두 번 낳은 집안이었습니다.

예전의 조부모님 세대 상당수가 그렇듯이, 외할아버지도

아들을 얻기 위해 소실을 얻었습니다.

그런데 인민군이 서울을 점령할 무렵, 외할아버지는 소실의 집에 머물다가 미처 피난을 못 내려갔습니다.

인공 치하에서 78세인 외증조모와 49세인 외할아버지는 전염병에 걸려 돌아가셨다고 합니다.

한편, 어린 딸들과 함께 대전으로 피난 내려온 외할머니는 먹고 살길이 막막했습니다.

그래서 외할머니는 식량이라도 더 얻을 요량으로 어머니한테 이북 실향민 아버지와 결혼을 강요했다고 합니다.

그 당시 열여덟 살인 어머니는 직업군인과 몇 개월 교제했다고 합니다.

하지만 전쟁터에 나간 그분은 죽었는지 살았는지 소식이 완전히 끊어졌습니다.

그 시절에는 혼인 결정권을 당사자가 아닌 부모가 결정했습니다.

어머니는 외할머니의 분부를 감히 거역할 수 없었습니다.

게다가 어머니는 홑몸이 아니었습니다. 임신 3개월째였습니다.

나이 어린 어머니는 험난한 현실을 홀로 헤쳐 나갈 수 없었습니다.

외증조모는 처녀로 임신한 탓에 외증조부의 후처로 시집가야만 했습니다.

친손녀인 어머니 또한 외증조모와 닮은꼴 인생 유전이었

습니다.

어쩔 수 없이 열다섯 살 차이가 나는 당신과 부부의 인연을 맺었던 것입니다.

그런데 막상 부부의 인연을 맺고 보니, 희한하게도 두 분 모두 겹쌍둥이 가족이 있는 집안이었습니다

그러한 두 분이 부부가 되었다는 것은 아주 특별난 인연이 아닐 수 없습니다.

백마강

남도의 산곡에 고요히 흐르는
푸른 백마강이여
백제의 옛 임이 간 곳 어디냐

빈터에 유적만 남은
황막한 고도(古都)를 품에 안은 채
지난날 계백의 군사들이 말 달리고 활 쏘던
거룩한 옛터에서 오늘도
천년의 식은 꿈을 싣고
고요히 흐르고 있다

사자루 백화정에서 겨룬 화살이
네 허리를 스쳐 넘나들 때
너는 그 그림자를 떠 빚어 흘려보냈다
모습도 완연하다
꽃잎처럼 삼천궁녀 떨어져 죽은
낙화암 절벽이여

검푸른 이끼 낀 절벽만 높이 솟은 채
백마강 물줄기는 끊임없이
이 절벽을 감돌아
굽이굽이 흐르는데
저무는 날 고란사 염불 소리
허무한 그 옛날을 전해주듯
목탁 소리 구슬프다

황혼이 저물어 반월성에 달이 솟아
네 몸을 달빛으로 물들일 때
님 가신 강 언덕 낙화암 기슭에서
물새가 섧게 운다

적막한 왕성에 고요히 찾아드는 밝은 달빛
예나 지금이나 변함없건만
한번 떠난 그 임은 언제 오시려나

피 뿌려 맞은 계백의 충성도
무상한 옛꿈에 묻혀

한 남긴 칠백 년 백제 왕도에서
삼천궁녀의 넋을 품은 채
백마강은 말없이 흐르고 있다

(1960. 가을)

무정세월

　당신이 이 시를 쓴 시기는 1960년 가을이었습니다.
　그 한 해 전 늦둥이 외아들이 태어났는데, 그 두 해 전에
도 남자아이가 태어났습니다.
　그러나 소독이 안 된 가위로 아기의 탯줄을 자른 탓에 파
상풍에 걸려 보름 만에 사망했습니다.

　어느덧 당신도 40대로 접어들었습니다.
　중년이 된 당신은 논산 화지 중앙시장에서 직공을 두고
양화점을 운영했습니다.
　집안 형편이 그리 풍족하진 않아도 그럭저럭 먹고살 만
한 유년 시절로 기억됩니다.
　그 시절, 당신은 틈만 나면 글쓰기에 몰두했습니다.
　양화점 단칸방에는 작은 다락방이 딸려 있었습니다.
　저녁 식사를 마치고 나면 당신은 이층 다락방에 자주 올
라갔습니다.
　다락방에는 앉은뱅이책상이 놓여 있었습니다.
　앉은뱅이책상 앞에서 원고지와 씨름하던 당신의 모습이
지금도 눈에 선합니다.

논산을 떠난 지 실로 50여 년 만에 처음 찾아가 보았습니다.

옛 추억을 더듬으며 당신의 흔적을 찾아 부여 백마강에도 들러보았습니다.

그러나 이젠 안타깝게도 당신의 흔적을 찾아볼 길이 없었습니다.

그래도 아들의 가슴 속에는 당신을 향한 소중한 옛 추억이 고스란히 남아 있습니다.

부여에서 본 백마강은 그저 무심히 흐르고 있었습니다.

애상(哀想)의 밤

눈보라 치던 그날 밤
이별의 부둣가에서
헤어진 그 사람아

언제 다시 만날 기약 없이
그리움과 슬픔만 남긴 채
올해도 저물어가는데
행여나 돌아오기만 기다리는 그 사람아

아, 평생 늘 그리운 얼굴이지만
이젠 생사조차 모른다
오가지도 못하는 고향 산길에는
한 서린 눈물이
백설 되어 수북이 쌓였겠구나

영삼아, 지금 살아 있다면
이십 대 중반의 청년이겠구나
저 잿빛 하늘에서
너와 헤어진 그날 밤처럼

오늘밤 눈이 내린다

장성한 네 모습이 보고파
내 가슴 속 불타
재가 된다

만나야 할 사람은
언젠가 꼭 만난다는데
한(恨) 없이, 눈물 없이 마냥 기다리겠다
다시 만날 그날까지
늙어 죽더라도
나는 기다리겠다

창밖엔 눈이 펑펑 내린다
고목 가지에서
애상의 밤은 깊어만 간다
나도 같이 가자고 울며 몸부림치던
부모 없는 어린 막냇동생의 모습을
형은 차마 못 잊겠다

지금도 막냇동생의 목멘 목소리
"저 혼자만 살겠다며……"
울먹이던 그 목소리가
이 창가에 들리는 듯하다

오늘 밤도
저 3·8선에서 불어오는 북서 계절풍에
네 목소리가 차갑게 얼어붙었구나
가엾어라
비운의 형제여
언제 다시 만나려나

20세기 문명은 우주를 뚫고
달나라도 오르내리건만
소식조차 전할 길이 막힌 채
어쩌다 저 북문(北門)은 철통같이 굳게 잠겨
녹슬어 버렸는가

정녕 통일의 열쇠를 언제쯤 찾으려나

활짝 열어야 할 북녘땅에
두고 온 가족 형제
애타게 그립건만
어느 세월에 되돌아가려나

구원(久遠)의 꿈이라면
저 휴전선 장벽에 깃든 한(恨)은
언제쯤 풀리려냐
삼각산아, 말 물어보자
임진강아, 너는 아느냐

이 밤에도
아득한 저 멀리 환상의 옛 산천 그리워하며
서글픈 꿈길 찾아
황막한 옛터에서 만나보련다
너의 환영을
목멘 호성(呼聲)을……

(1962. 세모. 북녘 고향에 두고 온 막냇동생을 그리워하며)

이별의 송령 포구

「애상(哀想)의 밤」은 북녘 고향에 두고 온 막냇동생을 애타게 그리워하며 쓴 시입니다.

이북 실향민 1세대 어른들이 이 시를 읽는다면 마찬가지로 혈육에 대한 그리움에 목메어 말을 잇지 못할 것입니다.

한국전쟁 당시 부모, 처자식, 형제자매를 두고 떠나온 이북 실향민 1세대 어른들의 가슴 아픈 사연이기 때문입니다.

이북의 청주 김씨 집안은 함경남도 홍원에서 500여 년간 세거한 가문입니다.

조선 시대 연산군 대에 김사지 입북 시조님이 귀양 온 이후 그 후손들이 대대로 정착하여 씨족 마을을 형성했습니다.

할아버지는 4형제 중 셋째였습니다. 첫째 큰할아버지는 그럭저럭 먹고살 만한 자작농이었습니다.

둘째 큰할아버지와 셋째 친할아버지는 가난한 소작농이었습니다.

이북 공산당 체제에서 분류하는 출신 계급 성분만으로 따지면 무산 계급이었습니다.

넷째인 막내 할아버지는 양조장을 운영했습니다.

그래서 할아버지 4형제 중 살림 형편이 가장 나은 편이었습니다.

당신은 할아버지의 3남 4녀 중 맏아들이었습니다.

당신 위로 큰 누이 한 명이 있었고, 둘째와 셋째인 쌍둥이 누이는 어릴 적 사망했습니다.

당신 아래로 남동생, 쌍둥이 중 한 명만 생존한 여동생과 막내 남동생이 있었습니다.

하지만 친사촌을 포함한 집안의 형제자매, 직계가족 중 에서 당신과 손아래 동생인 작은아버지만 월남했습니다.

그리고 한국전쟁 전, 서울로 시집와 남한에 먼저 정착해 살던 당고모 한 분이 계셨습니다.

소년 시절, 두 분 형제는 보통학교를 중퇴한 이후 집에서 농사일을 거들었습니다.

열다섯 살 적부터 당신은 작은할아버지 집에 얹혀살며, 양조장 일을 배웠습니다.

세 살 터울인 작은아버지는 홍원의 지역유지인 김 면장 집의 머슴으로 들어갔습니다.

작은아버지는 고향 사람들이 모두 인정할 정도로 평생 일밖에 모르는 분이었습니다.

아주 오래전, 작은어머니를 통해 두 분의 소년 시절 일화 를 들은 적이 있었습니다.

형제가 여름에 나무하러 산에 올라가면 형은 건성건성 일하며 노는 시간이 더 많았다고 합니다.

형은 미리 준비해 온 버들피리를 옷 주머니에서 꺼내 홍겹게 불었다고 합니다.

소년 시절부터 형은 글짓기와 노래, 풍악 따위를 즐기며 좋아했다고 합니다.

반면 아우는 한눈팔지 않고 일만 열심히 했다고 합니다.

이윽고 산에서 내려갈 즈음, 아우가 땀 흘려 마련한 나뭇 짐의 절반을 나눠 가져갔다고 합니다.

그리고 지게에 짊어진 다음, 형은 흥얼흥얼 노래 부르며 마을로 내려갔다고 합니다.

실제로 당신은 웬만한 가수 못지않게 노래를 무척 잘 불렀습니다.

좋게 표현하면 다분히 예술 끼가 있는 분이었습니다.

반면 작은아버지는 생활력이 엄청 강하고, 실제적이며 현실적인 분이었습니다.

청년 시절, 작은아버지는 몇 년간 머슴살이한 새경을 부지런히 모아 종잣돈을 마련합니다.

여러 사업을 궁리한 끝에 작은아버지는 흥남으로 가서 약방을 차립니다.

그 당시만 해도 지금과 달리 일반인도 약방 운영이 가능했다고 합니다.

몇 년 뒤 약방이 허가제로 바뀌어 접어야 했지만, 태평양 전쟁과 맞물려 식민지 조선 땅에는 의약품이 아주 귀했다고 합니다.

날개 돋친듯이 의약품이 잘 팔리자, 일손이 딸린 작은아버지는 같이 일하자며 당신을 불러들입니다.

두 분 형제는 약방 운영으로 엄청난 큰돈을 벌게 됩니다.

할아버지와 할머니는 몇 년간 아들 형제가 벌어놓은 돈을 집안 여기저기에 숨겨놓았다고 합니다.

나중에는 수북이 쌓인 돈다발을 숨겨놓을 데가 마땅치 않았다고 합니다.

고심 끝에 항아리 단지에 돈다발을 넣은 다음, 집 마당에 깊이 파묻어 놓았다고 합니다.

할아버지와 할머니는 그렇게 모은 재산을 두 아들에게 사이좋게 똑같이 나눠줬다고 합니다.

약방을 접은 뒤, 형제는 소작농의 꿈인 농토를 많이 사들여 지주의 꿈을 이루게 됩니다.

아버지 집안은 의식주에 부족함 없이 여유롭게 살게 됩니다.

똑똑한 작은아버지를 둔 덕택에 부자가 된 당신은 좋은 규수를 만나 결혼합니다.

이어 작은아버지는 철도국에 취직해 철도원으로 일하게 됩니다.

당신의 중신으로 작은아버지도 과수원을 재배하는 부잣집 딸과 결혼합니다.

당신의 첫 번째 부인인 이북 어머니는 보통 남자들보다 키가 훨씬 큰 여성이었다고 합니다.

이북 어머니는 쌀 한 가마니를 머리에 이고 다닐 만큼 여자 장사였다고 합니다.

농경사회에서 건강한 며느리가 들어왔으니, 집안 어른들

이 좋게 보셨던 것 같습니다.

당신은 집안 친척 중에서 가장 장가를 잘 갔다는 소리를 들었다고 합니다.

아마 그 시절이 당신의 생애를 통틀어 가장 경제적으로 안정되고 풍요로운 시기였을 것입니다.

그런데 해방 뒤 북한에는 소련의 비호 아래 김일성이 정권을 장악합니다.

이어 1946년 3월 북한 공산당은 농민에게 무상분배하는 방식으로 토지개혁을 단행합니다.

그래서 당신과 작은아버지는 토지를 모조리 몰수당하고 맙니다.

게다가 무상 토지개혁에 심한 반감을 품은 탓에 당신은 반동분자로 몰리고 맙니다.

당신은 당 지도원으로부터 자아비판을 여러 번 강요당하며, 사상이 불온한 요주의 인물로 감시의 대상이 됩니다.

그런 데다 엎친 데 덮친 격으로 할아버지와 할머니가 이웃 마을 잔칫집에 들렀다가 장티푸스에 전염됩니다.

1946년 추석 명절을 지내고 나서 사흘 뒤, 할머니가 먼저 돌아가십니다.

그리고 보름쯤 지나 할아버지마저 잇따라 세상을 떠나고 맙니다.

그 시절, 염병이라 부르던 장티푸스는 쉽게 전염되어 마을 전체가 죽어가는 너무 끔찍한 전염병이었다고 합니다.

할아버지와 할머니의 장례를 두 번 치르는 동안, 일가친척 아무도 참석하지 않았다고 합니다.

장례를 치른 다음, 열두 살 막냇삼촌은 큰형인 당신의 집에 얹혀살게 됩니다.

당신은 열일곱 살 아래인 막냇동생을 친아들처럼 애지중지 키웁니다.

그러나 한국전쟁이 일어나자, 북한 공산당은 당신을 사상범으로 투옥합니다.

몇 달 뒤 당신은 군 입대 조건으로 겨우 풀려나 인민군 보충병으로 강제징집을 당합니다.

어쩔 수 없이 인민군 총알받이로 끌려가는 도중, 당신은 인솔 군관의 감시를 피해 산에서 극적으로 탈출합니다.

그 당시 서른두 살인 당신은 인민군을 피해 남쪽으로 도망칩니다.

탈영병치곤 나이가 많다 보니, 민간인 행세를 해도 주변에서 의심받은 적이 없었다고 합니다.

살아생전 당신은 한국전쟁의 참상을 딱 한 번 털어놓은 적이 있었습니다.

당신은 평양 부근에서 인민의용군 여성 간호부대원들의 끔찍한 참상을 목격했다고 합니다.

땡볕 더위가 한창인 여름날이었습니다.

미군기의 폭격을 맞은 군용차량 여러 대가 처참히 파괴된 현장을 지나가는 도중이었다고 합니다.

그날 당신은 군용트럭 곳곳에 쓰러져 신음하는 그녀들의 모습에 큰 충격을 받았다고 합니다.

인민의용군은 남한 지역에서 자원 또는 강제징집된 인원으로 편성된 부대입니다.

한국전쟁 기간 중 인민의용군의 참가 인원은 최소 10만 명에서 최대 40만 명으로 추산합니다.

전쟁 초기인 7월 10일까지 서울시민 7만 8000명이 의용군 참가를 자원합니다.

이들 중 남한 출신 남학생 4400여 명과 여학생 2300여 명이 전선과 보급부대에 배치되었다고 합니다.

아마 그녀들은 인민의용군에 자원하거나 강제 동원된 남한 출신 여학생들의 일부였으리라 짐작됩니다.

그녀들은 팔다리가 잘려나간 채 쓰러져 신음하며 물을 달라고 애원했다고 합니다.

정말 생지옥이 따로 없었다고 합니다.

그녀들은 뜨거운 뙤약볕 아래에서 서서히 죽어갔다고 합니다.

그러한 그녀들의 모습을 목격하니, 당신은 가슴이 너무 아팠다고 합니다.

하지만 정작 그녀들을 위해 아무것도 해줄 수 없었다고 합니다.

안타깝게도 꽃다운 처녀들은 변변한 치료조차 제대로 받지도 못한 채 그렇게 불귀의 객이 되고 말았던 것입니다.

그 무렵 인천상륙작전에 성공한 국군과 유엔군은 서울 수복에 이어 38선을 돌파합니다.

전선이 유리해지자, 청년 아버지는 남쪽을 향해 도망치던 발길을 돌려 북쪽으로 도로 올라갑니다.

국군과 유엔군이 북진하는 방향을 따라 고향으로 향합니다.

아마 그 당시 당신은 밥 굶는 건 예사였고, 길거리에서 노숙하며 초인적으로 버텼으리라 짐작됩니다.

이윽고 당신은 고난과 역경을 헤치고, 드디어 고향 마을로 되돌아옵니다.

인민군 보충병으로 끌려가 죽은 줄 알았는데, 당신은 상거지 꼴로 살아 돌아온 것입니다.

그동안 고향 마을은 인민군 세상이었습니다.

하지만 이젠 국군과 유엔군이 함경도 일대까지 접수한 상태였습니다.

서부전선은 압록강변, 동부전선은 함경남도 풍산까지 진격하여 남북통일을 눈앞에 두고 있었습니다.

고향 마을이 국군이 지배하는 체제로 바뀌자, 당신의 위세는 하늘로 치솟습니다.

공산당 체제에서 엄청 핍박받던 당신은 고향 마을의 치안 책임자가 됩니다.

그런데 당신이 집으로 돌아오자마자, 막냇삼촌이 그대로 줄행랑을 쳤습니다.

그 당시 막냇삼촌은 학교에서 공산주의 사상 교육을 단단히 학습받아 이미 세뇌된 상태였습니다.

당신이 인민군 보충병으로 끌려간 뒤, 막냇삼촌은 이북 어머니에게 대놓고 불평불만을 털어놓았다고 합니다.

큰형 때문에 반동 집안으로 낙인 찍혀 가족들을 너무 힘들게 하니 차라리 큰형이 전쟁터에서 전사했으면 좋겠다고 말했다는 것입니다.

열다섯 살 소년의 미숙한 시각으로 바라본 큰형은 집안의 우환덩어리였던 것입니다.

한편 이북 어머니는 막냇삼촌에 대한 서운한 마음을 가득 품게 됩니다.

당신이 구사일생으로 살아 돌아오자, 막냇삼촌의 불평불만을 사실대로 일러바칩니다.

그래서 지레 겁먹은 막냇삼촌이 작은아버지 집으로 재빨리 도망쳤던 것입니다.

아직은 국군이 고향 마을을 지배하고 있었습니다.

그러나 전쟁에 참가한 중국군의 인해전술로 인해 점점 밀리고 있었습니다.

서부전선에서 국군과 유엔군의 북진은 압록강에서 멈추고 말았습니다.

동부전선도 중공군의 대대적인 공세에 밀리기 시작했습니다.

이젠 국군과 유엔군은 함흥으로 후퇴해야만 했습니다.

인민군이 다시 쳐들어오면 당신의 신변이 위태로운 상황이었습니다.

국군이 퇴각하기 전 월남해야만 했습니다.

바로 그 무렵, 당신의 피난 소식을 전해 들은 작은아버지가 송령 포구로 마중 나갑니다.

작은아버지는 월남해야 할지 말지, 아직 결정 못 내리는 속마음을 털어놓습니다.

그러자 당신은 월남하기를 강력히 권유하며, 서둘러 배편을 빨리 구하라고 재촉합니다.

두 분 형제는 남한에서 무사히 서로 만나기를 빌며, 당신 먼저 피난 내려옵니다.

이틀 뒤, 12월 14일부터 24일 사이에 흥남 철수 작전이 전격적으로 개시됩니다.

흥남부두에서 한국군 12만 명과 10만 명 이상의 피난민이 미군 상륙선을 타고 북한을 탈출합니다.

그 당시 작은아버지도 겨우 배편을 구해 천신만고 끝에 부산항에 도착합니다.

그러나 막냇삼촌은 함께 내려오지 못합니다.

이북 실향민 1세대 어른 모두가 그렇듯이 작은아버지도 마찬가지로 가족 형제들과 영원히 이별할 줄은 꿈에도 몰랐던 것입니다.

고향을 떠나기 직전, 작은아버지는 막냇삼촌에게 전쟁이 끝나면 바로 돌아오겠다고 말씀했다고 합니다.

그리고 그동안 부모님 산소를 잘 지키라고 당부했다고 합니다.

작은아버지도 사랑하는 처자식을 두고 혈혈단신으로 월남했던 것입니다.

1953년 7월 17일, 휴전 협정이 체결되어 한국전쟁이 멈춰집니다.

몇 년 뒤 수소문 끝에 작은아버지가 논산으로 찾아와 두 분은 재회합니다.

작은아버지도 부산에서 작은어머니와 새 연분을 맺고, 3남 3녀의 자녀를 둡니다.

작은아버지는 엄청난 노력파이며, 현실 적응력이 뛰어난 분입니다.

부산에서 피난살이하는 동안에도 열심히 영어 공부를 합니다.

그리고 미군 부대 영어 통역관으로 채용되어 부산을 떠나 인천 부평에 정착합니다.

그 뒤 미군 부대에서 영어 통역관으로 20여 년간 근무합니다.

1970년대 초반, 정년퇴직한 이후 작은아버지는 부평 신시장에서 잡화상을 차립니다.

그러나 장사가 잘되지 않아 몇 년 뒤 잡화상을 그만둡니다.

그런 우여곡절 끝에 건강을 많이 해치게 됩니다.

돌아가시기 몇 해 전, 작은아버지는 중풍을 맞아 몸이 자유롭지 못하게 됩니다.

그래도 작은아버지는 다리를 질질 끌면서도 손수레를 끌고 엿장수를 시작합니다.

아무리 자식들이 울며불며 말려도 끝까지 고집을 꺾지 않습니다.

그리고 몇 달 뒤, 중풍에다가 폐암이 겹쳐 62세 나이에 허망하게 돌아가십니다.

한평생 작은아버지는 가장으로서, 가족들을 위해 최선을 다하신 분입니다.

가난 속에서도 꿋꿋이 살았던 무명시인인 아버지, 평생 일만 하다가 돌아가신 작은아버지가 오늘따라 더욱 그립기만 합니다.

남한에 정착한 이후 당신은 이북에 두고 온 가족 형제 때문에 평생 죄책감에서 헤어나오지 못합니다.

그러나 당신 또한 이북의 처자식을 향한 그리움을 가슴속에 꽁꽁 감추며 살아갑니다.

재혼한 이북 실향민 1세대 어른 대부분이 그렇듯이 말입니다.

아마 새 가정을 꾸린 남한 가족들을 위한 당신의 배려였으리라 짐작됩니다.

그 대신 유일하게 당신의 속마음을 드러낸 그리움의 대상은 바로 막냇삼촌이었습니다.

추석 설날 제사를 지낼 적마다 피 울음을 토하던 당신의 모습이 눈앞에 어른거립니다.

당신은 "영삼아." 하고 막냇삼촌의 이름을 목멘 소리로 부르곤 했습니다.

어쩌면 지난날 당신은 막냇삼촌을 통해 이북의 가족들을 향한 절절한 그리움을 에둘러 대신 표현했는지도 모릅니다.

만일 막냇삼촌이 이북에 생존해 계신다면 구순을 바라보는 나이입니다.

그런데 북한의 남자 평균수명이 67세라고 하니, 당연히 막냇삼촌의 생존을 기대하기가 어렵습니다.

형님 두 분이 월남한 반동 집안이므로 막냇삼촌은 북한 공산당 체제에서 엄청 핍박받았으리라 짐작됩니다.

어쩌면 한국전쟁 당시 인민군 소년병으로 징집되어 이미 오래전 전사했는지도 모릅니다.

「애상(哀想)의 밤」은 이북 실향민 1세대 어른들이라면 누구나 공감할 수밖에 없는 분단 시입니다.

그러나 이젠 이북 실향민 1세대 어르신 대부분이 헤어진 혈육과 친지를 끝내 만나지 못한 채 눈 감았습니다.

'만나야 할 사람은/언젠가 꼭 만난다는데/한(恨)없이, 눈물 없이 마냥 기다리겠다'라는 시 구절에서 이북 실향민 2세 아들은 가슴이 먹먹하고, 감정이 북받칠 뿐입니다.

'다시 만날 그날까지 늙어 죽더라도/나는 기다리겠다'라며, 당신은 혈육의 만남을 간절히 염원합니다.

정녕 '비운의 형제'는 '늙어 죽더라도' 과연 만날 수 있을까요.

어느덧 남북이 휴전선으로 가로막힌 지도 어언 70여 년의 세월이 흘렀습니다.

그런데도 아직도 통일의 문은 좀처럼 열릴 조짐을 보이지 않습니다.

전쟁을 겪지 않은 2세대, 3세대, 4세대의 경우, 이젠 한국 전쟁은 잊혀진 전쟁이 되고 말았습니다.

어쩌면 이북 실향민 2세대 아들도 남북통일을 못 보고 눈감을지도 모릅니다.

그렇게 되면 죽어서라도 '비운의 형제'와 만남을 기다리는 당신의 염원은 끝내 이루어지지 못할 수도 있습니다.

당신의 아들은 살아생전 남북통일이 이루어지기를 간절히 소망합니다.

비록 뼛가루로라도 '비운의 형제'를 꼭 만나게 해드리고 싶습니다.

영빈 당숙

이북 고향의 씨족 마을에서 당신은 남자 사촌 형제만 열 명이 넘습니다.

그중 영빈 당숙은 둘째 큰할아버지의 맏아들입니다.

영빈 당숙은 열여섯 살 나이에 평등 세상을 꿈꾸며, 소만 국경을 넘어간 이후 영영 소식이 끊기고 맙니다.

남한에 정착한 뒤에도 당신은 아홉 살 때 헤어진 그 사촌 형을 무척 그리워했습니다.

영빈 당숙은 당신보다 나이가 일곱 살이 많습니다.

일제강점기에 그분은 보통학교를 졸업하자마자 경성으로 올라가 고학했다고 합니다.

열네 살 소년은 경성에서 신문팔이와 찹쌀떡·메밀묵 장사를 하며, 중학교 진학을 꿈꿉니다.

그러나 소년의 고생은 이루 말할 수 없었습니다.

나이 어린 고학생은 공부는커녕 생계조차 막막하여 끼니를 거르기 일쑤였다고 합니다.

그 시절, 소년의 일기장에는 경성에서 처절히 겪었던 고생담이 절절한 문장으로 쓰여 있었다고 합니다.

경성의 밤거리를 홀로 외로이 걸어가는 식민지 소년의

모습을 상상해 봅니다.

몹시 추운 겨울날, 소년은 찹쌀떡을 담은 모판을 멜빵끈으로 어깨에 걸머지고 청계천을 걸어갑니다.

청계천 다리를 건너가는 도중, 소년은 얼음판에 미끄러져 넘어져 다리 아래로 굴러떨어지기도 합니다.

결국 보름 넘게 심한 감기와 몸살을 앓다가 고학을 포기합니다.

낙향한 뒤 소년은 고향에서 사회주의 계열 청년 독립운동가와 교류하며, 사회주의 학습을 받게 됩니다.

청년의 부친은 3·1 만세운동 때 일본 순사에게 심한 고문을 당해 감옥에서 사망했다고 합니다.

청년 독립운동가의 영향을 받은 소년은 사회주의 종주국인 소련을 이상사회로 상상합니다.

유토피아의 땅인 소련으로 건너가면 돈이 없어도 마음껏 공부할 수 있다는 희망을 품게 됩니다.

소년은 죽마고우 김한주와 함께 소만 국경을 넘어가기로 구체적인 계획을 짜고, 바로 실행에 옮깁니다.

김한주는 홍원의 지역유지인 김 면장의 아들입니다.

그런데 두 친구가 북간도를 향해 가는 도중, 김한주는 뒤쫓아온 김 면장에게 붙들려 고향으로 되돌아옵니다.

몇 년 뒤 김한주는 부유한 집안 덕분에 보성전문학교에 진학합니다.

훗날 그분은 고려대학교 경제학 교수가 됩니다.

그러나 해방 이후 좌경 교수로 낙인 찍힙니다.

결국 일본 고등계 순사 출신인 경찰 간부의 감시와 협박에 시달리다 못해 월북합니다.

월북 이후 그분은 김일성 대학교 경제학 교수로 재직합니다.

해방 무렵, 남한에서 사회주의 사상에 물들었던 경제학 교수 상당수가 납북 또는 월북합니다.

친일파 출신 경찰 간부에게 온갖 수모와 굴욕을 당했던 아나키스트 김원봉 등등…….

그 당시 사회주의 계열의 독립운동가 상당수가 그렇듯이 말입니다.

한편 김한주와 헤어진 뒤 영빈 당숙은 북간도를 향해 혼자 길을 떠납니다.

마침 북간도에는 작은 증조부가 농사지으며 어렵게 살고 계십니다.

일제강점기에 가난한 조선 농민 상당수가 그렇듯이, 작은 증조부도 먹고살 길을 찾아 북간도로 이주했던 것입니다.

영빈 당숙이 찾아오자, 작은 증조부는 형님의 손자가 찾아왔다며 감회의 눈물을 흘렸다고 합니다.

작은 증조부 집에서 며칠 지낸 뒤 영빈 당숙은 혼자 소만 국경을 기어이 넘어갑니다.

1917년 소련의 볼세비키 혁명이 일어난 지 대략 10년쯤 지나서입니다.

그러나 소만 국경을 넘어간 뒤 영빈 당숙은 소식이 영영 끊기고 맙니다.

그로부터 20여 년 세월이 지난 뒤 우리나라는 일제로부
터 해방을 맞이합니다.
북한에는 김일성, 오진우 등등과 함께 소련 유학생 출신
이 속속 귀국합니다.
그러나 영빈 당숙은 고향에 돌아오지 않습니다.
아무리 백방으로 수소문해도 그분의 행적을 아는 소련
유학생 출신이 아무도 없었다고 합니다.
어쩌면 그 당시 열여섯 살 소년은 낯선 타국에서 추위와
굶주림 속에서 불귀의 객이 되었는지도 모릅니다.
만일 그때 영빈 당숙이 용케 살아 소련 땅을 밟았다면 어
떤 운명이 기다리고 있었을까요.
1937년 연해주 지역의 고려인 수십만 명이 스탈린 정부
의 방침에 따라 중앙아시아 쪽으로 강제 이주당합니다.
어쩌면 강제 이주 도중, 영빈 당숙은 병사했는지도 모릅
니다.
그렇지 않으면 강제로 이주당한 카자흐스탄 또는 우즈베
키스탄에서 고향을 그리워하다가 한 많은 인생을 마감했는
지도 모릅니다.

살아생전 당신은 입버릇처럼 늘 말씀하곤 했습니다.
당신의 아들이 영빈 당숙과 성향이나 기질이 쏙 빼닮았
다고 말입니다.

유신 공화국 시절, 부정부패한 세무공무원 조직에 적응을 거부하며 자진 사표를 낸다든지 등등…….

젊은 날 사회 부조리와 조화를 이루지 못하는 연약한 아들이었습니다.

그러긴 해도 온갖 역경 속에서도 공부하고자 하는 아들의 열의와 의지는 절대로 꺾이지 않았습니다.

지난날 당신은 그런 점에서 영빈 당숙과 아들을 닮은꼴로 여긴 것 같았습니다.

영빈 당숙을 한 번도 만나 뵙지는 못했습니다.

그래도 이북의 일가친척 중에서 막냇삼촌과 함께 가장 먼저 생각나는 분입니다.

영빈 당숙은 아들의 마음속에 늘 안타까움과 연민의 대상으로 남아 있는 집안 어른이기도 합니다.

춘정

먼 산 골짜기 아지랑이 피고
은빛 물줄기 졸졸 흘러내려
저 바다도 푸른 물결 넘실거린다
초록 벌판 미풍 속에
종달새 지저귄다

시냇가에 나물 캐는 아가씨야
봄이 왔느냐
간밤에 이슬비 촉촉이 내려
늘어진 버들가지에
봄새 소리 정답다

산에 들에 울긋불긋
꽃들이 활짝 피었으니
고향의 벗님들이시여
우리 저 동산 향기 속에
마주 앉아 술잔 들고
망향가나 불러보세

노랑나비, 흰나비야
꽃동산에서 마음껏 춤춰라
꽃 지면 봄날 간다

오가는 봄, 맞아 보낸
화조월석(花朝月夕)
내 청춘도 가버렸네

꽃이 지고
나비가 가네
봄날이 가네

(1963. 봄)

봄날은 간다

「춘정」은 봄의 정취가 흠뻑 배어 있는 시입니다.

또 한편으로는 인과법이라고 하는 불교의 연기법이 바탕에 깔려 있는 시이기도 합니다.

이것이 있으므로 저것이 있고,
이것이 생기므로 저것이 생긴다.
이것이 없으면 저것도 없고,
이것이 사라지면 저것도 사라진다.

이러한 불교사상의 깨달음의 핵심이 바로 연기법입니다.

우주의 삼라만상은 홀로 존재하지 않으며, 상호의존적 관계입니다.

다시 말해, 모든 존재와 사물은 서로 원인이 되기도 하며, 서로 조건이 되기도 합니다.

아지랑이 낀 산골짜기에 흘러내리는 은빛 물줄기가 있으므로 바다의 푸른 물결이 있는 것입니다.

그러한 시적 사유가 바로 연기를 통한 사유이며, 연기의 이치인 것입니다.

당신 또한 불심 깊은 할머니가 3년간 절에서 치성드려 낳은 귀한 자식입니다.

그러한 인과법으로 당신의 외아들이 장성하여 출가자의 길을 걷게 되는 것입니다.

당신의 여느 시와 마찬가지로, 「춘정」에도 망향의 아픔이 뼛속 깊이 배어 있습니다.

똑같은 자연풍경일지라도 바깥 사물을 바라보는 인간의 정서는 저마다 다릅니다.

누구나 자기 자신의 삶이 투영된 의식으로 자연과 사물을 바라보기 마련입니다.

화사한 봄날의 풍경을 감상하는 동안에도 당신은 망향의 아픔이 마음 한구석을 늘 차지하고 있습니다.

화심(花心)

정이월 다 가고 훈훈한 미풍 속에
봄은 바야흐로 산야에 찾아온다
먼저 노란 개나리, 새뽀얀 벚꽃이
첫선을 뵌다

이슬비에 버들가지도 푸르르고
산야에 진달래꽃 붉게 핀다
벌 나비가 향기 찾아 춤추고
숲속 새들의 노래도
한결 봄빛에 잘 어울려 준다

종달새 하늘 높이 솟구치며
허공 누비는 초록 들판에
농부들이 소 몰아 논밭갈이 한창이다
민들레꽃 피는 논밭 사잇길로
점심밥 이고 가는 아낙네들
하얀 행주치마 자락
산들바람 나부낀다
봄, 생동, 미풍, 화심(花心)

모두 싱그러워라

두메 마을 장다리 꽃밭에 병아리떼
먹이 찾아 몰려다니고
새 풀 돋은 푸른 들판 내다보는
외양간의 송아지 울음소리
새파란 보리밭에 머문다
양춘가절(陽春佳節) 돌아오니
산과 들, 마음에도
삼라만상 푸른 봄의 생기 가득하다

그러나 인생의 봄, 한번 가면
다시 돌아오지 않는다
피난살이 순돌이도
어느덧 청춘이 사라지고
고향 잃은 채 덧없이 늙어가고 있다
오가는 봄 뒷자욱에 지는 꽃
서러워라

화심도, 청춘도
아쉬운 봄을 붙잡지 못하느냐

(1963. 봄)

피난살이 순돌이

1960년대 초반, 전형적인 농촌 풍경을 실제로 화폭에 담은 듯이 생생히 묘사한 시입니다.

「화심(花心)」은 생기 가득한 푸른 봄의 정경을 가벼운 스케치로 섬세히 그려낸 듯한 서정시입니다.

자연의 봄은 변함없이 순환하며, 계절이 또 돌아옵니다.

그러나 인생의 봄은 한 번 가면 다시 돌아오지 않습니다.

대자연의 모든 생명체는 생로병사의 고해 속에 허덕이며 살다가 갑니다.

그 언젠가 지수화풍(地水火風)으로 흩어져 허공으로 사라지는 것은 그 누구도 피할 수 없는 자연의 이치인 것입니다

어느덧 '피난살이 순돌이'도 '청춘이 사라지고/고향 잃은 채 덧없이 늙어가고' 있습니다.

'순돌이'라는 소박하고 순한 이름이 가슴에 깊이 와 닿습니다.

'피난살이 순돌이'는 한국전쟁의 소용돌이 속에서 생사의 고비를 숱하게 넘겨야 했던 이 땅의 민초를 상징하는 이름입니다.

또한 끝내 고향땅을 다시 밟지 못한 채 눈을 감으신 이북 실향민 1세대 어른들을 상징하는 슬픈 이름이기도 합니다.

은진미륵불

관촉사 짙은 단풍
해탈문 앞 귀뚜라미 소리
짙은 향수 불러일으키는데
천년의 비바람 속에도
아랑곳없이 우뚝 선
저 미륵불

오늘도 인자한 그 모습
멀리 동쪽 하늘 바라본 채
관음전 새벽바람 소리와 함께
대둔산 정상에 솟는 해
하염없이 맞아 보내며
아득한 그 세월 헤아리듯
여기, 반야산 기슭에
회고(懷古)의 예술 자랑하는
문화(文化)의 꽃
그윽한 향기 풍긴다

아, 관촉사에 미륵님 모시던 그날

스님들의 청아한 독경 소리
장엄한 염불 소리

오늘도 대웅전에서
그 옛날 이어
경건한 목탁 소리 울려 퍼진다

(1963. 가을)

3·1독립만세운동 기념비

논산 관촉사는 고려 시대에 창건한 사찰입니다.

국내에서 가장 큰 석불인 은진미륵 부처님이 계신 곳이며, 석불의 높이가 무려 18미터를 넘습니다.

창건 당시 은진미륵 부처님에 얽힌 전설이 이렇게 전해져 내려옵니다.

고려 광종 때 한 여인이 반야산에서 고사리를 캐던 중 아이의 울음소리가 들려옵니다.

여인이 이상한 생각이 들어 그쪽으로 가보니, 갑자기 커다란 바위가 땅 위로 솟아오릅니다.

이 소식을 전해 들은 왕은 기이한 일이라 여깁니다.

왕은 혜명 대사에게 그 바위로 미륵불을 조성하는 일을 맡깁니다.

혜명 대사는 왕명에 따라 석공 100여 명과 함께 공사를 진행합니다.

그뒤 37년이라는 오랜 세월을 걸쳐 미륵불을 완성합니다.

하지만 혜명 대사는 거대한 석불을 세우는 방법을 찾지 못해 고민에 빠집니다.

그러던 어느 날, 혜명 대사는 신비한 꿈을 꾸게 됩니다.

꿈속에서 동자승 두 명이 3등분 된 진흙 불상을 냇가에서 만들며 놀고 있습니다.

동자승들이 진흙 불상 하나를 세워놓고, 그 주변을 흙으로 가득 메우는 것입니다.

그다음, 조각난 다른 진흙 불상을 그 위로 끌어올리는 놀이를 하는 것입니다.

꿈속의 동자승 덕분에 혜명 대사는 미륵불을 세우는 방법을 비로소 해결합니다.

해명 대사는 꿈속의 동자승과 똑같은 방식으로 은진미륵 부처님을 세웠다고 합니다.

논산 반월초등학교 저학년 시절, 관촉사에 몇 번 소풍을 가던 옛 추억이 생각납니다.

소풍 날이면 어머니는 김밥과 계란, 과자와 사이다 따위를 소풍 가방에 싸주곤 했습니다.

당신은 용돈으로 십 원 또는 이십 원을 주곤 했습니다.

수구초심이라, 나이가 들면 고향 생각이 나기 마련입니다.

하지만 당신의 아들은 논산을 내 고향이라 해야 할지, 정말 애매합니다.

논산에는 일가친척 한 명도 없고, 그곳을 찾아가도 반겨줄 이가 아무도 없습니다.

타향이 아닌 고향이면서도, 고향이 아닌 타향 같은 논산입니다.

실로 50여 년 만에 논산을 처음 찾아갔습니다.

그리운 추억 속 당신의 흔적을 찾기 위해 설레는 마음으로 관촉사에 들렀습니다.

1960년대만 해도 3·1계 동갑회에서 세운 3·1독립만세운동 기념비가 세워져 있었습니다.

3·1계 동갑회는 기미년 3월 1일(음력 2월 7일)에 태어난 분들의 전국 친목 모임 단체였습니다.

그 당시 3·1계 동갑회 회장은 33인의 민족 인사 중 유일하게 살아계신 이갑성 옹이었습니다.

사십 대 중반의 당신은 3·1계 동갑회 총무 직책을 맡았습니다.

반월초등학교 저학년 시절, 코흘리개 아들은 기특하게도 당신의 한자 이름을 읽고 쓸 줄도 알았습니다.

그래서 관촉사로 소풍 가면 그 기념비 뒷면에 새겨진 당신의 이름을 꼭 확인하곤 했습니다.

당신의 한자 이름을 손가락으로 짚으며, 반 아이들 앞에서 자랑하던 기억이 새록새록 생각납니다.

어느새 환갑을 훌쩍 넘긴 아들은 그 기념비에 새겨진 당신의 이름을 새삼 확인하고 싶었습니다.

그런데 은진미륵 부처님 근방에 세워져 있던 그 기념비가 보이지 않았습니다.

관촉사 경내를 돌며 아무리 둘러봐도 그 기념비가 없었습니다.

법당 보살님께 여쭤보니 그런 기념비가 있었느냐며, 금

시초문이라는 반응이었습니다.

그 기념비의 행방을 아는 분들은 아무도 없었습니다.

초로의 아들은 그 기념비가 보이지 않아 정말 아쉬움이 컸습니다.

관촉사 미륵전에는 은진미륵 부처님을 조성한 과정을 묘사한 4개의 벽화가 그려져 있었습니다.

미륵전 쪽을 거닐다가 잠시 생각에 잠겼습니다.

이 시를 쓸 무렵 당신이 애지중지하던 늦둥이 외아들은 다섯 살 꼬마였습니다.

그 시절 당신은 꼬마 아들의 미래를 당연히 꿈에도 짐작조차 못 했을 것입니다.

훗날 장성하여 부처님의 자비와 가호 속에 출가자의 길을 걷게 될 줄 말입니다.

사람의 미래는 정말 아무도 알 수 없습니다.

그렇긴 하지만 알 수 없는 미래도 과거와 현세의 모든 인과로 이어지는 것입니다.

예나 지금이나 천년의 세월 동안 은진미륵 부처님은 한결같이 그 자리를 든든히 지키고 계셨습니다.

은진미륵 부처님을 향해 공손히 합장 올리며 속으로 상상했습니다.

어린 시절, 관촉사로 소풍 갔던 코흘리개 꼬마가 세월이 흘러 출가자의 길을 걷게 되었습니다.

그날 오후, 은진미륵 부처님은 승가에 귀의한 그 꼬마를 가상히 여겼을까요.

은진미륵 부처님은 자상한 미소를 지으며 서 계셨지만, 그 속마음이 무척 궁금했습니다.

망향천리

물안개 자욱한 저 산봉우리 너머
흰 구름 가는 저편
동해 물 굽이치는 푸른 바다
거기는 원산이지요

저 기차 타고 오고 가더니만……
지금쯤 명사십리 백사장에
해당화는 피었겠지요

원산 - 고원 지나
좀더 나아가면 반룡산 기슭에
길게 흐르는 평야
거기는 함흥이지요

저 기차 타면 오고 가더니만……
아, 지금도 만세교 다리 아래
성천강은 흐르겠지요

(1964. 여름. 고원선 한탄강을 건너며)

세월의 그늘

당신의 시적 재능을 확실히 알게 된 것은 소설가 지망생 아들이 스물일곱 살 무렵이었습니다.

서울예대 문예창작과를 졸업하고 나서 2년쯤 지나서였습니다.

서울 지하철공사 역무원으로 24시간 격일로 철야 근무하던 시절이었습니다.

방 안의 서재 한구석에는 오랜 세월의 흔적이 묻어 있는 당신의 시 원고 묶음이 꽂혀 있었습니다.

당신의 시 원고 중에서 호기심으로 처음 읽었던 시가 바로 「망향천리」였습니다.

그 시를 읽고 나서 속으로 무척 놀랐습니다.

당신 연배의 기성 시인들 못지않게 일정한 수준을 갖춘 시였기 때문입니다.

해방 이듬해, 당신은 이북의 문학강습소에서 시 창작 실습을 몇 개월간 지도받았습니다.

당신의 일생을 통틀어 처음이자 마지막 문학 수업이었습니다.

월남 전 당신은 월북 문인 한설야, 이북명, 송영 작가로부터 시적 재능을 상당히 인정받았다고 합니다.

하지만 월남한 이후 불우한 세월의 그늘에 가려 더이상 빛을 볼 수 없었습니다.

안타깝게도 시인의 꿈을 제대로 펼칠 수 없었습니다.

남한에 정착한 이북 실향민 1세대 어른들의 경우, 대체적으로 잘 사는 분들이 많았습니다.

그런데 당신은 유독 가난에 찌들어 살았습니다.

그러다 보니, 때로는 잘 사는 고향 친구분들로부터 은근히 업신여김의 대상이 되기도 했습니다.

하지만 그분들은 당신의 참모습을 제대로 볼 줄 몰랐습니다.

당연히 그분들 중에서 당신이 시를 쓴다는 사실을 아는 분은 아무도 없었습니다.

그분들은 당신을 경제적으로 무능한 친구로만 단순히 판단했던 것입니다.

지난날 당신은 가난 속에서도 왜 시를 쓰려 했을까요.

돈벌이에만 매달려도 밥 먹고 살기 힘든 세상인데, 왜 돈이 안 되는 시에 그토록 매달렸을까요.

어느덧 소설가 지망생 아들이 당신의 시 한 편, 한 편을 가슴으로 절절히 읽을 수 있는 나이가 되었습니다.

이젠 당신을 동병상련의 심정으로 충분히 이해하고도 남습니다.

「망향천리」는 짧고 간결하면서도, 기본 형식을 다 갖춘 시입니다.

이 시에는 이북 실향민 1세대 어른들의 남북통일에 대한 간절한 비원이 담겨 있습니다.

분단의 아픔과 북녘 고향을 그리워하는 당신의 애틋한 마음이 이심전심 그대로 전해집니다.

황혼의 기적 소리

저무는 대지의 항구에 기적이 운다
달기도, 쓰기도 하던 속세의 선물 가득 싣고
1964호 기적선은 떠나간다
통일의 숙원도, 희망도 아랑곳없이
365일 다 가버렸다고
달력 막장에 아쉬움만 남긴 채
세월의 파도 넘어
어둠 속으로 사라진다

이번 새해엔 북녘 고향 소식이 실려 오려나
시간의 물결 헤치며
역사의 흐름 위에
이 배도 바야흐로 막이 내린다
열망의 송구영신
해묵은 응어리를 꽁꽁 묶어 실려 보내자
지친 향수도……

이제 저 배는 물러가는데
이 땅의 휴전선 장벽은

올해도 그대로 둔 채
제야의 뱃고동 울리며
보람없이 멀리 사라진다

밝아오는 새 아침에
이 항구의 실향민이
먹는 떡국 맛은 어떠하리오

(1964. 세모)

떡국 맛, 눈물 맛

새해를 맞이하면 늘 마음이 착잡한 당신의 모습을 떠올려 봅니다.

'이번 새해엔 북녘 고향 소식이 실려 오려나'라는 시 구절처럼 고향 소식을 늘 기대하던 당신이었습니다.

그러한 당신의 소망은 이북 실향민 1세대 어른들의 공통된 소망이기도 했습니다.

특히 이북 함경도 출신 실향민 1세대 어른 대부분은 배를 타고 월남했습니다.

그분들은 엄동설한 한밤중에 부둣가에서 가족들과 피눈물로 생이별해야 했습니다.

그 뒤로 다시는 고향 땅을 밟지 못하는 그분들의 애끓는 심정을 어찌 말과 글로 다 표현할 수 있을까요.

눈물 젖은 빵을 먹어본 사람만이 동병상련으로 배고픈 사람의 심정을 헤아릴 수 있습니다.

이북 실향민들이 먹는 새해의 떡국 맛은 오직 그분들만이 아실 것입니다.

아마 '밝아오는 새 아침에/이 항구의 실향민이/먹는 떡국 맛은' 서러운 눈물 맛이 아니었을까요.

타향의 추석

이 강산에 모진 태풍이 휩쓸어
저 푸른 하늘 높이
평화의 비둘기떼 흩어지던 날
단봇짐에 발길 머문 이 고장에서
오늘 열다섯 번째 맞는 추석날이다

맑고 푸른 하늘 아래
계룡산 높이 솟아 있고
은강물 길게 흘러간다
남녘의 가을 들판에
오곡이 무르익어 황금 물결 이루는데
까만 갓 쓴 할아버지
어린 손자 이끌고
어디로 성묘하러 가는가

빨간 감나무 언덕길을 걸어 내려온다
코스모스 곱게 핀 신작로에
한복, 양복, 상복 차림의 남녀노소가
떼 지어 온다

차창 밖을 내다보던 철부지 아들놈이
동심에 들떠
우리도 저렇게 손잡고
산소 가자고 졸라댄다
부모님 성묘 못 간 지 어언 20여 년
휴전선이 가로막혀 못 가는 신세
실향의 아픔이 더한다

오늘 그 옛날 고향의 추석
그리워하다 밤이 오면
꿈에라도 보이려나
네 할아버지, 할머니 산소에
제삿술 손에 들고 너와 함께 갔으면
생전 못다 한 소원이나 풀련만
여기는 외로운 타향이란다

놈아야!
너와 내 고향도 달라진다
벌써 멀어져 간다

온 길 천 리 갈길 아득하다

망향의 설움에 지쳐버린
꿈속의 나그네여
왕대포에 향수 띄워놓고
고향을 마시며
석양이 기울거든
저 동산에 우뚝 솟은 8월 한가위
휘황한 둥근 달빛 속에
취한 그대로
고향을 찾아보게나
부모 형제
보고픈 얼굴들을

(1965. 추석. 논산 반월동 비둘기 집에서)

비둘기 집

「타향의 추석」을 읽으며 유년 시절의 기억을 떠올려봅니다.
'차창 밖을 내다보던 철부지 아들놈이/동심에 들떠/우리
도 저렇게 손잡고/산소 가자고' 조르던 기억이 얼핏 나는
것 같기도 합니다.

그러나 실제 기억인지 확신할 수는 없습니다.

어쩌면 이 시의 정황에 맞춰, 실제가 아닌 가상 현실을 그
럴 듯하게 기억 회로에 짜 맞췄는지도 모릅니다.

유년 시절, 논산 읍내에서 당신과 함께 마이크로버스를
두세 번 타고 간 적은 분명히 생각납니다.

예닐곱 살 꼬마 아들이 마이크로버스를 혼자 타고 갈 일
이 당연히 없었을 테니 말입니다.

1960년대의 마이크로버스는 미군이 사용하던 군용트럭
이나 중형차를 개조한 차량이었습니다.

마이크로버스는 보통 20명 정도의 인원이 탈 수 있었습
니다.

오늘날의 차량과 비교하면 대형 봉고차나 소형 마을버스
와 같은 대중교통 차량이었을 것입니다.

어느덧 '철부지 아들놈이' 초로의 나이로 접어들었습니다.

하지만 아직도 통일의 꿈은 요원합니다.

과연 북녘 고향 땅에 잠들어 계시는 할아버지, 할머니 산소에는 언제쯤 성묘할 수 있을까요.

한국전쟁 이후 오늘날까지 여전히 남북이 자유로운 왕래조차 하지 못하는 안타까운 실정입니다.

정녕 분단 조국의 비극적 현실이 아닐 수 없습니다.

설령 당장 통일이 안 되더라도, 1년에 단 하루만이라도 좋습니다.

남북한 실향민과 그 후손들이 서로 왕래할 수 있다면 얼마나 좋을까요.

설날 또는 추석 연휴에 만나 합동 차례를 함께 지낼 수만 있다면 이보다 더 기쁜 일이 없을 것입니다.

이북 실향민 2세대 아들은 그런 날이 어서 돌아오기를 간절히 고대할 뿐입니다.

「타향의 추석」 또한 그렇듯이, 당신의 시와 수필에는 글 쓴 연도와 날짜, 지명이 대부분 기록되어 있습니다.

살아온 인생의 시간을 꼼꼼히 기록하는 당신임을 새삼 깨닫게 됩니다.

「타향의 추석」을 쓴 연도와 날짜와 지명을 통해 유년 시절의 추억에 잠시 젖어 봅니다.

논산 반월동 '비둘기 집'은 '비사표' 성냥 공장 근처에 있었습니다.

논산 화지 중앙시장에서 양화점을 접은 이후 두 번째로

이사한 집이었습니다.

그 집의 다락 지붕 안에는 비둘기 20여 마리가 둥지를 틀고 살았습니다.

그래서 그곳 동네에서 '비둘기 집'으로 통했는데, 그 집에서 얼마 멀지 않은 곳에 철길이 놓여 있었습니다.

그러다 보니, 날마다 증기 기관차의 요란한 기적 소리를 몇 차례 들어야만 했습니다.

'비둘기 집'에서 3~4미터쯤 떨어진 곳에는 작은 도랑이 졸졸 흐르고 있었습니다.

유년 시절, 장대비가 세차게 쏟아지는 여름날이면 집 앞마당에는 진풍경이 펼쳐졌습니다.

도랑의 미꾸라지들이 굵은 빗줄기를 타고 공중으로 올라가다가 힘에 부쳐 집 앞마당에 뚝뚝 떨어지는 것이었습니다.

그 무렵 일곱 살 꼬마 아들은 유리병 안에 작은 붕어들을 넣어 기르고 있었습니다.

꼬마 아들은 집 앞마당에서 주운 미꾸라지들도 유리병 안에 넣어 함께 기르려 했습니다.

며칠 뒤 미꾸라지들은 멀쩡한 반면 붕어들이 배를 까뒤집은 채 유리병 안에 둥둥 떠 있던 기억이 새롭기만 합니다.

시의 말미에 남긴 연도와 날짜, 지명 등은 정말 소중한 기록이 아닐 수 없습니다.

그러한 기록은 옛 시간의 추억을 끌어올리는 매개체이며, 은화처럼 반짝반짝 빛나는 시어(詩語)이기도 합니다.

기러기

은강물 맑게 흘러 겨울이 오느냐
설레는 강바람 갈대꽃 날리고
계룡산 연천봉 별빛도 차가운데
황산벌 밤하늘에 울고 가는 저 기러기
달빛에 젖어 훨훨 날아가는구나

끼룩끼룩 기러기야
철 따라 달밤에 떼 지어
북극의 먼 고향에 가느냐

계룡산 정상 오르기 숨차면
저 멀리 하늘 높은 무산령(霧山嶺)은
어이 넘느냐

아, 북풍의 달 밝은 밤에
네 그림자 스쳐 지나가면
두만강 그 물빛을 연상하며
오늘도 이 강가에서
아련한 네 모습에

떠나온 고향의 추억만 새롭구나

끼룩끼룩 기러기야
울지 말고 날아가려무나

(1965. 만추. 강경에서)

강경 포구

1960년대 중반, 가을이 깊어갈 무렵 사십 대 중반의 당신은 무슨 일로 강경 포구에 찾아갔을까요.

한 폭의 수채화처럼 아름다운 강경 포구에서 맑은 은강 물을 내려다보며, 시상에 잠겨 있는 당신의 모습을 상상해 봅니다.

요즘도 늦가을의 강경 포구에는 기러기들이 훨훨 날아가고 있는지 정말 궁금합니다.

이 시에서 당신은 북녘 하늘을 향해 기러기가 잘 날아가기를 간절히 염원하고 있습니다.

'계룡산 정상 오르기 숨차면/저 멀리 하늘 높은 무산령(務山嶺)은/어이 넘느냐'라는 시 구절에서 느낄 수 있듯이 말입니다.

당신은 기러기를 매개체로 하여 북녘 고향에 대한 사무친 그리움을 표현하고 있습니다.

논산의 강경은 아직껏 한 번도 가본 적 없는 미지의 고장입니다.

그리운 당신의 흔적을 찾아 조만간 늦가을의 강경 포구를 한번 꼭 찾아가 보고 싶습니다.

남녘의 가을

맑고 푸른 하늘 아래
계룡산이 높이 솟아
활개 펴 앉은 넓은 들녘에
벼 이삭이 누렇게 익어가고
산들바람 황금 물결 이루며
논두렁마다 훠이훠이 새 모는 소리
남녘의 가을빛도 시나브로 짙어져 간다

감 열매 붉어가는 두메 마을
풍년 맞아 농악 소리 흥겹다
은강에 노 젓는 뱃사공
새우젓 싣고 강경 나루 찾아든다
석양에 반짝이는 버스가 지평선 누벼
군산-대전 방면으로 달리는데
오가는 도로변에 코스모스 한들거린다

가로수 한 잎, 두 잎 떨어져
짓궂은 가을바람 멀리
이산(離山) 허공에 휘몰아쳐 간다

차라리 질 바엔
원시림 계곡에서 지라

(1965. 만추)

이산(離山)

「남녘의 가을」은 1960년대 농촌의 전원풍경을 화폭에 스케치하듯이 담아낸 소박한 시입니다.

처음에는 「남녘의 가을」도 분단을 주제로 쓴 시인 줄 알았습니다.

'이산(離山) 허공에 휘몰아쳐' 가는 가로수 잎들을 '남북 이산가족'에 비유한 시 구절로 잠시 착각에 빠졌던 것입니다.

한자를 꼼꼼히 다시 확인해 보았습니다.

'이산(離山)'의 '산'은 헤어질 '산(散)' 자가 아니라 뫼 '산(山)' 자였습니다.

'이산(離山)'이라는 낱말이 낯설었습니다.

한자 사전을 찾아보니, '외따로 떨어져 있는 산'이라는 뜻이었습니다.

그제야 보통학교 4학년을 중퇴한 당신보다도 한자 실력이 형편없음을 새삼 깨달았습니다.

이 시에서 '차라리 질 바엔/원시림 계곡에서 지라'라는 마지막 시 구절이 아주 인상적으로 남습니다.

당신의 시적 착상이 돋보이며, 「남녘의 가을」의 마지막 방점을 찍었습니다.

황야의 고객(孤客)

마음속 매달린 괴로움도
간밤 허물어진 꿈 조각도
모두 꽁꽁 묶어
시간의 강물 위로 흘려보낸다

한없는 여정 꿈꾸며
그림자 벗 삼아
외로운 광야를 홀로 걸어간다
나는 무엇을 찾아 정처 없이 가는가?

서산에 갈매기 울어
날 저문 길손
잿빛 그늘이 짙어져
암흑이 사물을 삼킬 때
밤새 잠 못 이뤄 뒤척이다가
미지의 새날 맞이하여
내일의 교차로 낯선 길목에서
또 방황한다
나는 종일토록 무엇을 찾아가는가?

거친 인생선(人生線)에
해가 저물면
내 그림자 쓸어안고
생의 종점을 맞이하는 그날
마지막 절정에서
짙은 노을을 바라보리라

생은 밤하늘을 날아다니는 반딧불처럼
어두운 시공을 헤매는 미광(微光)이거늘
정녕 나는 무엇을 찾아 어디로 가는가?

제야(除夜)의 종소리에
세월은 가고 온다

(1965. 세모)

'생사 문제'라는 화두

1965년 한 해를 떠나보내는 마지막 날 밤, 당신은 다락방에서 밤늦도록 원고지와 씨름합니다.

사십 중반의 당신은 깊은 사색에 잠긴 채 실존적 물음을 끊임없이 던집니다.

'나는 무엇을 찾아 정처 없이 가는가?', '나는 종일토록 무엇을 찾아가는가?', '정녕 나는 무엇을 찾아 어디로 가는가?' 등등……

'나'라는 존재의 근원에 대해 반복적으로 스스로 묻고 있습니다.

세상을 살다 보면 누구나 한 번쯤 진지하게 고민해 보는 인생 문제입니다.

이러한 물음은 끝없는 인생길의 화두입니다.

저마다 인생길을 걷는 동안 울퉁불퉁한 산길을 걷기도 하고, 평평한 들길을 걷기도 합니다.

부모, 가족, 형제자매, 친지, 이웃 등 가까운 지인들과 어울려 지내다 보면 인생길을 계속 동행하는 줄 착각하기도 합니다.

그러다 어느 순간, 우리 인생길이 혼자 가는 길임을 확연히 깨닫게 됩니다.

그렇습니다. 천지간에 오직 혼자입니다.

우리 모두 황야를 홀로 걷는 나그네에 지나지 않습니다.

누구나 끝없는 인생 여정을 꿈꾸고 있지만, 유한한 인생길을 혼자 가는 것입니다.

피붙이 가족도 나의 죽음을 대신할 수 없습니다.

언제나 영원한 인생의 동반자인 줄 알았던 당신이 어느날, 이 세상에 존재하지 않듯이 말입니다.

인생관은 그 사람의 인생을 좌우합니다.

어떤 가치관을 가지고 사느냐에 따라 그 사람의 삶도 달라지는 법입니다.

이 시를 통해 당신은 '생의 종점을 맞이하는 그날'을 '마지막 절정'으로 인식합니다.

그러면서 '마지막 절정에서/ 짙은 노을을 바라보리라'라고 사유합니다.

'생은 밤하늘을 날아다니는 반딧불처럼/ 어두운 시공을 헤매는 미광(微光)이거늘/ 정녕 나는 무엇을 찾아 어디로 가는가?'라는 시 구절도 가슴에 콕 와 닿습니다.

그러한 인생의 물음은 궁극적으로 '생사 문제'에 직결되어 있습니다.

불교적 관점에서 보면 '생사 문제'를 이렇게 정리할 수도 있습니다.

지수화풍(地水火風)이 모여 이루어진 허공의 육신이 인연

화합이 다 되어 지수화풍으로 되돌아가는 거라고 말입니다.

청허당 휴정 선사는 '생사 문제'에 대해 이렇게 설법했습니다.

생종하처래(生從何處來)
사향하처거(死向何處去)
생야일편부운기(生也一片浮雲起)
사야일편부운멸(死也一片浮雲滅)
부운자체본무실(浮雲自體本無實)
생사거래역여연(生死去來亦如然)

삶은 어디서 오며
죽음은 어디로 가는가
삶은 한 조각 구름이 일어남이요
죽음은 한 조각 구름이 사라지는 것이다
뜬구름 자체가 본래 실체가 없으니
삶과 죽음이 오고 감이 또한 이와 같으니라

이 게송은 스님들의 영가천도 의식문에서 자주 설해지는 유명한 시 구절입니다.
뜬구름처럼 잠깐 이 세상에 왔다가 가는 것이 우리네 인생살이입니다.
하지만 세상 사람 대부분은 현재의 삶이 전부인 듯이 바쁘게 살아갑니다.

과연 인생의 참된 의미를 진지하게 물으며, 세상을 사는
분들이 얼마나 될까요.

그래도 당신은 '생사 문제'라는 인생의 화두를 붙잡고 살
다가 허공으로 돌아가셨습니다.

당신의 아들은 누구보다도 너무너무 잘 알고 있습니다.

유한한 인생길을 걷는 동안 인생을 진지하게 사유하고,
끊임없이 자아 성찰을 하며 살다 가신 분임을 말입니다.

세월이 흐를수록 당신을 향한 간절한 그리움은 더욱 깊
어만 갑니다.

결혼 축시

축 결혼

○ ○ ○ 군

○ ○ ○ 양

금일

피 끓는 청춘의 화촉

진세(塵世)의 백난풍파(百難風波)에도

굳세어라

사랑아!

거친 인생살이 속에

그윽한 향기 날리며

화려한 춘원(春園)에

호웅(豪雄)의 역사 지으라

(1966. 5. 20)

인생의 조언

어느 분의 결혼식일까요.

유년 시절, 당신이 중신을 서고 결혼식 주례까지 보던 토마토농장 부부가 생각납니다.

네다섯 살 무렵, 초등학생 누이들과 함께 토마토농장에 몇 차례 방문하던 옛 기억이 생생히 떠오릅니다.

우리가 토마토를 사러 농장에 찾아가면 새댁 아줌마는 부득부득 돈을 받지 않았습니다.

새댁 아줌마는 환한 미소를 지으며, 대나무 소쿠리에 싱싱한 토마토를 공짜로 가득 담아주곤 했습니다.

'거친 인생살이 속에/그윽한 향기 날리며/화려한 춘원(春園)에/호웅(豪雄)의 역사 지으라'라는 마지막 시 구절의 메시지가 아주 강렬합니다.

짤막한 결혼 축시이지만, 진심 어린 인생의 조언이 가득 담겨 있습니다.

간결하면서도, 군더더기가 없이 꼭 필요한 덕담만 했습니다.

살아생전 당신의 중신으로 부부의 인연을 맺은 분들이 여럿 됩니다.

인생의 배우자로 서로 결정할 만큼 당신에 대한 그분들의 신뢰는 상당히 두터웠던 것 같습니다.

아들은 그러한 당신이 그저 자랑스러울 뿐입니다.

들국화

단풍 지는 산자락 풀밭에 핀
향수의 들국화야
벌 나비 찾아드는 포근한 봄동산에
울긋불긋 끼여 피지 못하느냐

이슬비 내리는 훈훈한 여름날
그 짙푸름 속에서 피지 못하고
춘정도, 미련도, 아쉬움도 없이
오로지 화족(華族)의 속성만 지닌 채
제철 맞아 곱게 피어
파아란 가을 하늘 쳐다보느냐

야생의 들꽃 연보랏빛 단조(單調)
추억의 들국화야
수많은 네 족속(族屬) 버리고
기나긴 봄여름 잡화(雜花)가 다 지고 나면
쓸쓸한 가을 황야에 흩어져
찬 이슬 먹으며 피어나느냐

나뭇잎새 발갛게 물들여 떨어질 때
찬 서리 찬 바람에 휩쓸리면서도
꺾이지 않는 너의 저항
강하고 부드러우냐

자생(自生)의 들꽃 노오란 색조
원색의 가냘픈 철꽃
사색의 들국화야
백화족속(百花族屬) 아랑곳없이
싸늘한 늦가을
식어가는 들판 가릴 곳 없이
너 혼자 외로이 피고 지는
소박한 생태(生態)
그리 고상하느냐

(1966. 만추)

들국화 인생

「들국화」는 당신이 가장 애착을 가졌던 시입니다.

살아생전 당신은 달력 종이 뒷면에 쓴 시와 수필들을 모아 시문집으로 손수 정리해 놓았습니다.

달력 종이로 더덕더덕 엮어 만든 시문집의 제목은 『들국화』였습니다.

실제로 당신은 들국화처럼 인생을 꿋꿋이 살다가 가신 분이었습니다.

당신은 '벌 나비 찾아드는 포근한 봄동산에/울긋불긋 끼여' 피지도 못했습니다.

'이슬비 내리는 훈훈한 여름날/그 짙푸름 속에서' 피지 못하는 불우한 인생이었습니다.

젊은 날 당신은 시인을 꿈꿨습니다.

하지만 남한에 정착한 이후, 시인 지망생조차 한 분도 만나지 못했습니다.

지난날 당신과 동류항인 문우들을 만나 정서적인 교류가 서로 이어졌다면 얼마나 좋았을까요.

아마 그랬더라면 고단한 당신의 인생살이에 한 줄기 위안이 되었을지도 모릅니다.

안타깝게도 당신 주변에는 당신의 글쓰기를 이해해 주는 사람이 아무도 없었습니다.

그래도 당신은 혼자 틈틈이 글을 쓰곤 했습니다.

누가 뭐라 해도, 아무도 인정하지 않는 시를 열심히 쓰곤 했습니다.

살아생전 당신은 가난의 굴레 속에서 늘 허덕이며 살아야 했습니다.

그래도 당신은 정서가 아주 풍부하고, 인간미가 가득 넘쳤습니다.

'찬 서리 찬바람에 휩쓸리면서도 꺾이지 않는' 기상과 꿋꿋한 절개를 지닌 당신이었습니다.

「들국화」는 인생의 가을날로 이미 정해진 신산스러운 미래의 운명을 당신 스스로 예견한 시이기도 합니다.

마지막 시 구절을 통해 당신은 들국화 인생에 대해 이렇게 되묻습니다.

'싸늘한 늦가을/식어가는 들판 가릴 곳 없이/너 혼자 외로이 피고 지는/소박한 생태(生態)/그리 고상하느냐'라고.

판문점 기행

이른 봄 아직 벚꽃도 피지 않은 쌀쌀한 오전 날씨다.

서울역 남부광장에서 이북5도청 주선으로 마련된 판문점 특별행 버스에 오른다.

버스는 오전 11시 예정 시간보다 약 30분쯤 늦게 출발한다.

이윽고 이북 5도 실향민 대표 36명을 태운 버스가 움직이기 시작한다.

남대문 앞을 돌아 서울거리를 빠져나와 무악재 방향으로 빠른 속도로 달려간다.

경의선 철도를 옆에 끼고 서북 개성 가는 국도선으로 이정표를 스쳐 지나간다.

버스 안에서 우리 일행은 남북이 통일되어 이렇게 고향 가는 기분이라면 얼마나 좋을까, 하며 애달픈 이구동성이다.

하지만 오늘은 북녘 고향을 차단한 휴전선 판문점으로 가는 길손일 뿐이다.

차창을 내다보니, 어느 마을 뒷산에서 초상을 치르는지 장지(葬地)를 파고 있다.

고인이 누구든 간에 통일되는 것도 못 본 채 영영 흙에 묻혀 버린다.

어쩐지 판문점으로 가는 길이라 그런지, 통일의 숙원이

새삼 더욱 사무친다.

산야에는 아직 진달래, 개나리꽃들도 보이지 않는다.

차창 너머로 원근 산천을 하염없이 바라보는 동안 어느새 고양, 파주를 지나 문산에 이른다.

장단(長端)을 못 미쳐 틈틈이 초소막이 보인다. 이윽고 버스가 강둑 길목 다리 앞에서 정차한다.

이 다리는 본래 신의주로 가는 경의선 철교이다.

기적 소리 끊긴 지 어느덧 20여 년째다. 지금은 판문점으로만 오가는 다리이다.

철교의 이름을 새로 지어 '자유의 다리'라고 한다.

'자유의 다리' 아래 임진강이 고요히 흐르고 있다.

옛 이름 옛 모습 그대로 오랜 역사의 끈을 물고, 오늘도 끊임없이 흐르고 있다.

다리를 건너 개풍 땅 지대에는 산림이 울창하고, 골짜기마다 잡초가 무성하다.

여기서도 올봄에 바야흐로 새싹이 트고, 산등성이에 철 따라 꽃이 또 피어날 것이다.

그러나 주인 잃은 저 논밭은 어느 춘삼월에 가꿔볼 수 있을까.

이 땅의 주민들이 이곳을 떠나 지금쯤 어디에 흩어져 살고 있는지도 잘 모른다.

이젠 이 땅에 우거진 쑥대 갈대만 허연 모래바람에 쓸리고 있다.

폐촌의 황막한 산기슭에 까막까치가 울어대고 있다.

잡초 우거진 길섶에서 빈 깡통이 뒹굴고, 곳곳에 유엔군 초소막이 보인다.

전선이 늘어진 비탈길을 계곡 따라 구비 찾아 오르다가 맞닿은 초소막 앞에서 버스가 정차한다.

유엔군 병사 두 명이 나와 인원을 파악한다.

판문점 정면 입구에는 태극기와 유엔기가 나란히 게양되어 바람에 나부끼고 있다.

그 앞에는 넓은 광장이 눈에 띄는데, 이 옛 땅은 누구의 땅일까.

지금은 운동장으로 바뀌어 한때의 휴식을 즐기는 유엔군 병사들이 야구 시합을 벌이고 있다.

버스에서 내린 뒤, 우리 일행은 안내자를 뒤따라 판문점에 이른다.

청록색으로 구분된 병사(兵舍)에는 인적이 없다.

여기서 약 20미터쯤 떨어진 지점에서 인민군 초소막이 맞바로 보이는데, 보초병 두 명이 서 있다.

판문점 회담 장소에 들어가 보니, 건물의 천장 중심부에 노란 선이 가로 그어져 있다.

이 선이 바로 남북을 양단하는 분단선이며, 휴전선이기도 하다.

이 선을 가로 건너간 탁구대 같은 탁상을 앞에 놓고, 남북 대표 쌍방이 마주 앉아 회담하는 장소이다.

이 선을 가로 타고 동쪽으로 서 있으면 오른발은 이남 땅,

왼발은 이북 땅이다.

원래 판문점은 경기도 개풍군 동면 널문리에 있는 주막을 겸한 작은 점방 자리라고 한다.

그러나 이젠 옛 모습은 간데없다.

오늘날에는 여기서 남북한 500만 실향민의 한 맺힌 피눈물만 팔고 있다.

저 얼룩진 청록색 병영에는 대낮부터 무슨 불씨를 고르는 걸까. 꾹 닫힌 문창(門窓)에 검은 장막이 가려져 있다.

그 지붕 위에 푸른 하늘에는 흰 구름이 두둥실 흘러가고 있다.

옛 판문점 마을 뒷동산 꼭대기에 올라가니, 송악산이 바로 보인다.

그 주변에 있는 개성 시가지도 눈앞에 펼쳐진다.

세월은 덧없이 흘러가도 옛 산천은 그대로 남아 있다.

분단선 너머 '평화마을' 촌락에서 무엇을 심는지 모르지만, 농부들이 분주히 씨를 뿌리고 있다.

서쪽에는 임진강을 사이에 두고 나무로 된 인도교(人渡橋)가 길게 놓여 있다.

1953년 휴전 당시 인민군 포로들이 넘어간 다리이다.

그런 곡절 때문에 이름도 '가고 못 오는 다리'라고 부르고 있다.

언제쯤 분단선이 허물어져 저 다리 위에 흩어진 부모 형제를 찾는 보따리꾼들이 오갈 수 있을까.

북녘 하늘을 하염없이 바라보노라니, 괜스레 눈물이 앞

을 가린다.

판문점은 결코 관광지가 아니다.

저 청록색 병사(兵舍)가 어서 빨리 없어지길 바란다.

이 널마을 옛 주민들이 되돌아와 날마다 새벽닭이 울고,
저녁 개가 짖어 산 메아리치는 날을 기다려 본다.

통일의 그날, 우리 실향민도 북녘 고향을 찾아가는 길손
이기를 바란다.

그리하여 판문점 마을을 지나 이 다리를 건널 수 있기를
간절히 기원해 본다.

(1967. 3. 16. 임진강을 건너며)

이북공보

1967년 3월 중순 무렵, 당신은 이북 실향민 대표 36명 중 일원으로 판문점을 방문했습니다.

그 시절 〈이북공보〉는 수십만 부를 발행하는 정부 기관지 신문이었습니다.

이북5도청에서 한 달에 두 번씩 발행했는데, 이북 실향민 1세대 어른 상당수가 애독하던 신문이었습니다.

논산에서 서울로 이사 오기 전, 당신은 〈이북공보〉에 시와 수필을 투고하여 10여 편이 실리기도 했습니다.

또한 〈이북공보〉 주필로부터 글 재능을 인정받아 〈이북공보〉 지방 취재 기자로 활동하기도 했습니다.

「판문점 기행」은 〈이북공보〉 주필의 의뢰를 받고 쓴 기행문입니다.

1960년대의 판문점 풍경을 정말 실감 나게 묘사한 기행문이라는 생각이 듭니다.

판문점에서 보고 느낀 당신의 감회와 소감을 담담한 필체로 써 내려간 수작(秀作)입니다.

판문점 주변의 자연풍경과 일상적 사물에 투영된 당신의 시각과 관찰력은 소홀함 없이 세심합니다.

당신의 감회와 소감이 함께 어우러진 문장은 섬세하게
조화를 잘 이루고 있습니다.

또한 남북분단의 비극적 현실을 생생히 표현하고 있습니다.

당신의 문장은 간결하고 압축과 절제가 있으며, 전체적
으로 군더더기 하나 없이 깔끔합니다.

관록 있는 신문 기자의 기사 글과 비교해도 조금도 손색
이 없습니다.

우리 겨레의 간절한 소원인 통일을 향한 당신의 뜨거운
염원과 역사의식을 느낄 수 있는 훌륭한 기행문입니다.

당신은 다재다능한 분이었습니다.

그러나 살아생전 당신의 훌륭한 재능을 제대로 펼치지
못했습니다.

만일 좋은 시절에 태어났다면 당신의 인생이 상당히 달
라졌을 텐데 하는, 아쉬움이 많이 남습니다.

불우한 일생을 살다가 세상을 떠나신 당신의 모습을 떠
올리면 너무 마음이 아플 뿐입니다.

동산마을

여기는 굽이쳐 흐르는
푸른 한강 내려다볼 수 있는
서울 용산의 하늘 밑
동산 한 구석
쓸쓸한 빈촌
울타리 없는 판잣집 마을입니다

아침이면
동트는 새날의 눈부신
붉은 햇살 바라볼 수 있는
동남향 석양 바른 오두막집들입니다
저녁이면
문화도시 휘황한 오색 네온 빛이 흐르는
서울거리 훤히 내려다볼 수 있는
산비탈 달동네입니다

이 마을 사람들은
거의 다 가난에 허덕이며
하루 품팔이로 어렵게 살아가도

이웃이 화목하고
인심도 좋습니다

동산마을에 이사 온 지도 벌써 1년
덧없는 실향의 세월 속에
내 청춘 빼앗기고
보람도 없이 쓸쓸히
또 한 해가 저물어 갑니다

처마가 맞닿은 무허가 판잣집 속에 기거해도
약진하는 수도 서울시민들입니다
공중수도가 좀 멀어 곤란해도
물지게로 수돗물을 먹습니다

그러나 이 오두막집들은
지붕 위를 넉넉히 덮지 못한 탓에
비바람 부는 날이면
무슨 천벌이나 받은 듯이 지붕이 날아가고
비가 새어 질색입니다

이럴 때는 어쩔 수 없이
짓궂은 비바람이 그치기만 기다릴 뿐……

날이 개면 이리저리 손보며
그럭저럭 살 수 있어도
하늘의 폭풍우보다 사람의 염원(念願)인
철거 영장에 속절없이
오두막집들이 허물어지고
산산조각 부서져
몇 단의 화목(火木)으로 남는 날에는
마을 사람들도 함께
철거해야 할 운명입니다

허구한 날
돈벌이 없이
허덕이는 살림살이지만
너무 박복한 팔자 탓인지……

아버지는 실직자 신세

어린 자식들이 밥 달라 우는
불우한 역경 속에서
가난과 싸우는
이 울타리 없는 판잣집에
나 지금 셋방살이하는
여기가
동산마을입니다

(1967. 12. 동산마을에서)

무작정 서울 상경

1960년대 말, 서울 용산 원효로 산동네 무허가 판잣집에서 일곱 식구가 기거하던 시절이었습니다.

연탄을 때지 않아 방 안이 몹시 추운 어느 겨울날이었습니다.

그날따라 당신은 남대문시장 근방에 있는 대서소(代書所)로 출근하지 않았습니다.

그 대신 온종일 방 안에 틀어박혀 손을 호호 불며, 책상 앞에서 원고지 쓰는 일에만 열중했습니다.

며칠 뒤 원고지를 넣은 서류봉투를 손에 들고, 오후 무렵 당신이 집을 나서기 직전이었습니다.

그날 당신은 아홉 살 꼬마 아들과 일곱 살 막내딸을 방안으로 불러 모아 놓고,

"이 시가 신춘문예에 당선되면 너희들이 좋아하는 고기와 쌀밥을 실컷 먹을 수 있고, 아버지도 취직이 된다."

이번엔 당선이 틀림없다고 호언장담하며, 활짝 웃음을 지어 보였습니다.

그해 12월, 꼬마 아들은 신문사에서 당선통지서가 오기만을 하루하루 손꼽아 기다렸습니다.

그러나 연말이 지나도록 아무 소식이 없었습니다.

신춘문예 당선을 철석같이 믿었던 꼬마 아들이 커다란 실망감에 휘청거린 것은 당연한 결과였습니다.

결국 50세가 되어 당신은 시 쓰기를 중단했습니다.

그 뒤로 자존심과 체면을 깡그리 버리고, 당신은 길거리 노점상으로 새롭게 인생을 시작했습니다.

그래도 논산 읍내에서 지역유지로 행세하던 분이었습니다.

당신은 논산소방대 의용대장, 3·1계 동갑회 총무, 〈이북공보〉지방 취재기자 등등 활발히 사회 활동도 했습니다.

그러나 사회적 명예는 그렇다 치더라도, 돈벌이와 무관한 직책들이었습니다.

양화점이 망한 뒤 당신은 몇 년간 무기력한 실업자 생활을 했습니다.

물론 논산 읍내에서 공사현장 책임자로 몇 차례 일한 적은 있었습니다.

하지만 당신은 고정적인 일자리를 마땅히 구할 수 없었습니다.

1960년대만 해도 시골에서 농민들이 농사짓는 것만으로 생계를 유지하기가 어려웠습니다.

먹고살 길이 막막한 농촌 사람들은 일자리를 찾아 서울로 무작정 상경했습니다.

그 무렵 서울로 올라와 도시 빈민층으로 전락한 농촌 사람들만 수백만 명이 넘었습니다.

산비탈마다 빼곡히 들어선 무허가 판잣집은 해마다 늘어

났습니다.

서울시 전체 주택의 3분의 1을 무허가 판잣집이 차지할 정도였습니다.

국민 대다수가 가난했던 그 시절, 무능한 정부와 서울시 당국은 주택 정책을 제대로 세우지 못했습니다.

오히려 도시미관을 해친다는 이유로 무허가 판잣집을 수시로 철거하곤 했습니다.

또한 서울역과 청계천 일대에 살던 무허가 판잣집 주민 수만 명을 경기도 광주 대단지로 강제로 집단 이주시키기도 했습니다.

당신은 그분들의 딱한 처지와 별반 다르지 않았습니다.

바로 그 무렵 당신도 일곱 식구를 이끌고 무작정 서울로 상경해야 했습니다.

그분들과 마찬가지로 도시 빈민층으로 편입되어 하루하루를 허덕이며 힘들게 생존해야 했습니다.

맨 처음 본 서울의 밤하늘 풍경은 무척 신기했습니다.

희한하게도 서울의 밤하늘에는 빨간 별, 노란 별, 파란 별이 떠 있었습니다.

아홉 살 소년은 형형색색 별들이 네온사인 빛임을 나중에 깨달았습니다.

서울로 이사 오기 전, 꼬마 아들은 황금으로 포장된 서울 거리를 상상하며, 황금빛 미래를 꿈꿨습니다.

그러나 행복한 상상과 달리 현실은 정반대였습니다.

당신은 날마다 대서소(代書所) 행정서사(行政書士)로 일하러 나가긴 해도 수입이 별로 없었습니다.

그러다 보니, 수제비나 국수로 하루 두 끼 때우기도 쉽지 않았습니다.

가족들이 온종일 굶은 적도 많았습니다.

꼬마 아들은 등교하면 쉬는 시간에 수돗물로 허기진 배를 채우곤 했습니다.

결국 당신은 유일한 희망이던 신춘문예에 낙방하자 큰 결단을 내렸습니다.

돈벌이가 안 되는 대서소 일을 집어치우고, 길 위에서 먹고살 길을 찾아야만 했습니다.

자본금이 없던 당신은 길거리 노점 인생으로 뛰어들었던 것입니다.

처음에는 고장 난 우산과 가방을 고치는 수선공으로 길거리에 나섰습니다.

그다음, 서울 원효로 용문시장 근처에서 헌 우산과 가방 몇 개를 돗자리에 펼쳐놓고 영업을 시작했습니다.

당신은 손재주가 워낙 좋은 분이었습니다.

당신은 살이 부러진 우산이나 지퍼가 고장난 가방 따위를 척척 잘 고쳤습니다.

그다음, 원효로 용문시장 근처 중국집 건물 앞에서 헌 옷 장사를 시작했습니다.

몇 년 뒤, 당신은 사람들이 많이 오가는 용산청과물 중앙시장 굴다리 부근으로 장소를 옮겼습니다.

그곳 시장에서 리어카에 헌 옷가지를 늘어놓고, 하층 영세민을 상대로 본격적으로 헌 옷 장사를 시작했습니다.

당신의 고단한 '길 위의 인생'은 그렇게 20년 넘게 쭉 이어졌습니다.

「동산마을」은 1960년대에 산동네에서 힘겹게 살던 도시 빈민층의 극심한 생활상을 보여준 시입니다.

또 한편으로는 당신의 경제적 무능을 고스란히 드러낸 시이기도 합니다.

이 시에 대해 딱히 뭐라 할 말이 없습니다.

그래도 그리운 추억 속의 가난한 무명시인 아버지를 사랑한다는 말 외에는.

망향가 (원곡: 눈물 젖은 두만강)

동해 물 푸른 바다

이별의 송령 포구

흘러간 그 옛날에 내 몸을 싣고

떠나온 그 배는 언제나 가려나

그리운 용와산아

그리운 경포대야

언제나 가려나

대사(臺詞)

두만강은 백두산에서 발원하여 동해 고향 바다로 흐른다.

우리가 널리 부르는 노래 「눈물 젖은 두만강」은 과거 한 민족의 애환이 서려 있는 대중가요이다.

그래서 실향의 향수를 달래고자 이 곡에 가사를 덧붙여 본다.

(1984. 추석)

독립군 노래

아흔을 훌쩍 넘기신 어머니의 말씀에 따르면 당신은 돌아가시기 열흘 전쯤에도 콧노래를 흥얼거렸다고 합니다.

몇 넌째 거동이 힘들어 방안에 누워 지내면서도 말입니다.

1998년 작고한 원로가수 김정구의 대표곡 중에서 「눈물 젖은 두만강」이 있습니다.

「눈물 젖은 두만강」을 「망향가」로 가사를 새로 바꿔 노래 부르던 당신의 모습을 떠올려 봅니다.

살아생전 당신이 즐겨 부르던 추억의 옛노래가 많이 생각납니다.

김정구의 「눈물 젖은 두만강」, 한정무의 「꿈에 본 내 고향」, 백설희의 「고향초」, 고복수의 「타향살이」와 「황성옛터」, 남인수의 「가거라 삼팔선」 등등…….

주로 분단의 아픔과 타향살이의 애환이 담긴 옛노래가 대부분이었습니다.

또한 박향림의 「막간 아가씨」, 이난영의 「목포는 항구다」, 남인수의 「애수의 소야곡」 등등…….

한과 애환이 서린 옛노래도 당신은 구성지게 잘 부르곤 했습니다.

게다가 좌중의 흥을 돋우는 김정구의 「왕서방 연서」, 「총

각 진정서」 등등······.

그러한 익살스럽고 재미난 옛노래도 당신은 멋들어지게
잘 부르곤 했습니다.

50년간 부부로 사는 동안 두 분은 원수처럼 지내던 사이
였습니다.

그러나 당신의 노래 실력만큼은 어머니도 상당히 높이
평가했습니다.

만일 당신이 운만 따라줬다면 악단에서 가수 활동을 해
도 충분히 가능했을 거라고 말입니다.

당신의 노래 실력은 둘째 딸과 셋째 딸이 그대로 물려받
았습니다.

초등학생 시절, 셋째 딸은 논산 읍내에서 열린 각종 노래
경연대회에 입상했습니다.

그래서 한때 논산의 꼬마 가수로 유명세를 치른 적도 있
었습니다.

그 당시 논산의 지역 기업 '비사표' 성냥 회사의 CM송에
취입하기도 했습니다.

하지만 가사 내용 중에서 '타오르는 불꽃' 등 몇 소절이
사회주의 혁명이 연상된다고 해서 심의 통과가 안 되었습
니다.

검열에서 부적격 판정을 받는 바람에 애석하게도 CM송
데뷔가 무산되고 말았습니다.

둘째 딸도 웬만한 대중가수 못지않게 노래 실력이 수준

급입니다.

게다가 노래 음성이 당신과 똑같은 판박이입니다.

현재 둘째 딸의 맏아들이 당신의 음악적 재능을 이어받아 현역가수 겸 작곡가로 활발히 활동 중입니다.

1990년대 초반, 어느 봄날이었습니다.

'영원한 청년' 고 김민기 가수가 제작한 음반 중에서 『겨레의 노래』에 수록된 「내 고향」이라는 곡을 당신과 함께 방안에서 들은 적이 있습니다.

그날 오후 당신은 일곱 살 적에 들었던 독립군 노래라며, 감회의 눈물을 흘리던 기억이 생생합니다.

내 고향을 이별하고 타관에 와서
적적한 밤 홀로 앉아서 생각을 하니
답답한 마음 아~~ 누가 위로해

우리 집을 떠나올 때
내 어머님이 문 앞에서 눈물 흘리며
잘 다녀오너라 하시던 말씀
아~~ 귀에 들린다

우리 집서 머지않아 조금 나가면
작은 시내 졸졸 흐르며
어린 동생들 놀던 그 모양

아~~ 눈에 암암해

중천으로 날아가는 저 기러기 떼야
너 가는 길 그리 바쁘냐
나의 회포를 우리 부모께
아~~ 전해 주렴아
아~~ 전해 주렴아

이 노래의 원제목은 「내 고향을 이별하고」입니다.

1920년대에 독립운동하러 떠난 아들이 어머니와 고향을 그리워하는 애환의 노래입니다.

이북에서 「사향가」라는 제목으로 많이 부르고 있는 독립군 노래이기도 합니다.

그날 오후, 당신은 감회가 새로웠던 것 같습니다.

실로 65년 만에 그 노래를 다시 들으니, 북녘 고향이 겹쳐 떠올라 갑자기 눈물을 흘렸던 것 같습니다.

이북 실향민 2세대 아들이 죽기 전, 정녕 남북통일이 이루어진다면 얼마나 좋을까요.

아니, 당장 통일이 안 되더라도 남북이 자유 왕래가 되는 날이라도 돌아온다면 더이상 여한이 없겠습니다.

그런 날이 어서 빨리 돌아오기를 간절히 고대할 뿐입니다.

초로의 아들은 홍원 고향의 흙을 퍼담아 가져와 당신의 산소에 꼭 뿌려드리고 싶습니다.

우이동의 추억

그 옛날이 그리워
우이동 계곡에 홀로 찾아왔다
오월의 신록, 맑은 냇물 싱그럽다
발길 닿아 눈에 머무는 너럭바위에
마주 앉아 술잔 들던 임들을 떠올리며
지난 추억을 되새긴다

이제 모두 모여 이 바위에 둘러앉아
회포 푸는 그런 날은 다시 돌아오지 않는다
세월은 이 바위에 추억만 남겨놓고
우이동 계곡물 따라 흘러갔다

푸른 산곡의 맑은 물소리
임들과 함께 기념사진 찍던
하얀 너럭바위 그 자리에
산천초목은 그대로 남아 있는데
임들은 흔적도 없고
풍경만 남았다

짙푸른 나뭇잎새
우거진 숲속 사이로
지저귀는 산새 소리 변함없는데
임들은 다 어디로 갔는가

봄날이 또다시 돌아와도
기약 없이 떠나간 뜬구름 나그네여
오늘도 이 계곡 여울물은
옛 추억 싣고
끊임없이 바위 아래 흘러간다

흘러 흘러 먼 훗날
세월 가고
또 5월이 돌아오면
여기 찾아와
임들 가신 곳 다시 알아보리라

아, 임들이시여
저 하늘 흰 구름 속에

신선 백학이 되어
은빛 나래 훨훨 날아
이 바위에 내려 쉬었다가
그리운 고향
옛 동산에 승천하소서

(1985. 5. 함남 홍원 군민회에서 가신 임들을 그리워하며)

경운면민회

1968년 봄날, 함경남도 홍원군 경운면민회에 처음 갔던 기억이 새록새록 떠오릅니다.

초등학생 시절, 꼬마 아들은 하루 세끼 쌀밥 먹는 게 간절한 소원이었습니다.

그래서 이북 실향민 모임이 열리면 당신을 꼭 따라가곤 했습니다.

이북 실향민 모임에서 제공하는 쌀밥 도시락, 빵, 과자 따위를 모처럼 배불리 먹을 수 있어서였습니다.

특히 함경도민회의 경우, 먹거리가 훨씬 풍성했습니다.

쌀밥 도시락에는 돼지머리 편육도 얹혀 나왔으니, 정말 진수성찬이 따로 없었습니다.

대개는 우이동 골짜기나 장충단 공원 등지에서 연례 모임이 열렸습니다.

그해 봄날, 우이동 숲속에서 경운면민회가 열렸습니다.

논산에서 서울로 이사 온 뒤, 한동안 당신은 실업자 신세와 다를 바 없었습니다.

그 시절, 50대에 접어든 당신은 마땅히 취직할 데가 없었습니다.

50대 중반이면 아예 노인 취급하며, '영감'으로 통하던 시절이었습니다.

정말 암담한 현실이 아닐 수 없었습니다.

당신은 대서소에 일하러 나가긴 해도 수입이 거의 없었습니다.

그날은 우이동 숲속에서 고향 친구분들과 오랜만에 만나 회포를 푸는 술자리였습니다.

아침을 굶고 나온 당신은 빈속에 술을 마시다가 그만 취하고 말았습니다.

고향 친구분들은 모두 부자였습니다.

월남 이후, 그분들은 일찌감치 서울에서 기반을 잡고 잘 살았습니다.

반면 당신은 그렇지 못해 자격지심이 상당히 컸던 것 같습니다.

그날 오후 면민회가 끝날 무렵, 당신은 술에 취해 제대로 몸을 가누지 못했습니다.

고향 친구 한 분이 당신을 부축해 일으켜 세우려 했지만, 땅바닥에 도로 주저앉았습니다.

화가 난 고향 친구가 정신 차리라며, 구둣발로 사정없이 몇 차례 걷어찼습니다.

당신은 유도가 3단이며, 몸이 아주 단단한 분이었습니다.

하지만 인사불성인 상태이다 보니, 당신은 구둣발에 속절없이 맞고 쓰러져야 했습니다.

낮술에 취해 땅바닥에 쓰러진 당신의 비참한 모습을 본 것은 그날이 처음이었습니다.

결국 고향 친구분들은 당신을 혼자 남겨두고, 매정하게도 자리를 뜨고 말았습니다.

초등학교 3학년 꼬마 아들은 땅바닥에 쓰러져 잠들어 버린 당신 옆에서 가만히 서 있었습니다.

아마 1시간 넘게 당신 곁을 지켰던 것 같습니다.

한참 지나 낮잠에서 깨어난 당신이 상반신을 일으켜 세웠습니다.

잠시 정신을 차린 다음, 옷과 신발에 묻은 흙먼지를 툭툭 털어내고 비틀거리며 일어났습니다.

이윽고 당신은 무표정한 얼굴로 그만 집에 가자며, 꼬마 아들의 손을 덥석 잡았습니다.

우이동 숲속 길을 함께 빠져나오는 동안, 당신은 굳은 표정으로 아무 말도 하지 않았습니다.

그날 오후, 꼬마 아들이 지켜본 당신의 모습은 너무 안쓰러웠으며, 무기력해 보였습니다.

그 당시 처량한 당신의 모습을 떠올리면 지금도 가슴이 미어지고 아려옵니다.

그로부터 18년이라는 세월이 흘렀습니다.

그사이 고향 친구분들이 하나둘씩 차례로 세상을 등졌습니다.

경운면민회에서 술 취한 당신을 구둣발로 걷어차던 고향 친구분도 일찍 돌아가셨습니다.

살아생전 당신은 홍원군민회, 경운면민회, 함경도민회에

꼭 참석하곤 했습니다.

이북 실향민 모임에서 고향 친구분들을 만나 정담을 나누며, 향수를 달래는 것이 당신의 유일한 위안거리였습니다.

그러나 세월이 흐르면서 참석 인원이 점점 줄어들어만 갔습니다.

어느덧 당신이 60대 후반의 나이에 접어드니, 동년배 고향 친구분들이 거의 다 돌아가셨습니다.

그 시절만 해도 70세만 살아도 장수했다는 말을 들었습니다.

1985년 기준으로 한국인의 평균수명이 남자 64.6세, 여자 73.2세였습니다.

안타깝게도 작은아버지도 환갑을 갓 넘긴 62세에 먼저 돌아가셨습니다.

어느 날 이북 실향민 모임에 참석해 주변을 둘러보니, 이젠 당신 또래의 친구분들은 찾아볼 수 없었습니다.

당신보다 나이가 한참 아래인 고향 후배들만 남아 있을 뿐이었습니다.

때로는 가난한 당신은 잘사는 고향 친구분들한테 은근히 괄시와 설움을 받기도 했습니다.

그래도 당신은 고향 친구분 중에서 가장 건강히 오래 사신 분이었습니다.

「우이동의 추억」은 당신의 품격을 제대로 보여준 헌시(獻詩)입니다.

당신은 고향 친구분들을 추모하는 헌시의 마지막 구절을 이렇게 맺습니다.

'아, 임들이시여/저 하늘 흰 구름 속에/신선 백학이 되어 은빛 나래 훨훨 날아/이 바위에 내려 쉬었다가/그리운 고향/옛 동산에 승천하소서'라고.

격조 높은 헌시를 통해 당신의 진심은 충분히 증명하고 남습니다.

돌아가신 그분들을 향한 진심 어린 우정이 깃들어 있는 헌시입니다.

한탄강

태고의 흐름 위에
분단의 아픔 싣고
말없이 흘러가는 한탄강
그 누가 지어 그 이름도 한탄강이냐

어젯밤 봄비에 버들 숲이 싱그럽다
흘러간 그 옛날 보따리 꾼들
넘나들던 이별의 강
총포 소리에 산골짜기 울리던
강변의 악몽도 이젠 멈춰지고
파수병도 없다

오늘은 우리 청주 김씨 실향(失鄕) 족인(族人)들이
이 강변에서 종친회를 가진다
눈송이처럼 버들꽃이 하얗게 지는
강 언덕에 둘러앉아
따르는 술잔에 향수 어린다

여기 한탄강에서

조상의 옛 터전 못가고
북향에 망배(望拜)하며
조상의 얼과 긍지를 되새긴다

해마다 오월 이 모임은 감회도 새롭다
주고받는 정배주(情盃酒)에 취한 대로
망향가로 함경도 민요 어랑타령을 불러본다
어느새 흰머리 주름진 얼굴로 서로 마주 보며
아주바이, 아바이, 둡세 등등
친숙한 고향 사투리 쓰며
즐거운 하루 회포를 풀어본다

저녁 무렵 백여 명 실향 족인들이
버스 2대에 나눠 타고
북향길 등진 채 귀로에 올라
3·8선 표석(標石)을 바라보며
남북을 가로지른 한탄강 다리를
다시 넘는 나그네의 마음속에는
눈물이 출렁인다

아, 슬픈 탄식의 강
아픈 역사의 강
수난과 시련 속에서
끊임없이 흐르는 한탄강이여
우리 장차 이 다리를 건너
조상 뼈 묻힌 고향길을
꼭 따라가리라

막힘 없이 흘러가라
한탄강이여
통일의 흐름이여

(1986. 5. 11. 청주 김씨 종친회를 다녀오며)

청주 김씨 종친회

과거 한국의 농경사회는 씨족 마을이 많았습니다.

어느 고장에 시조님이 터전을 잡고 정착하면 그 후손들이 대를 이어 그곳에 살게 됩니다.

그리고 그 후손들끼리 서로 결속하여 끈끈한 혈연공동체를 형성합니다.

요즘은 씨족 마을이 많이 해체되었지만, 아직도 전국 방방곡곡에 씨족 마을이 여전히 남아 있습니다.

김사지 입북 시조님의 본관은 언양 김씨입니다.

신라 경순왕과 고려 왕건의 딸 낙랑공주 사이의 7남인 김선의 후손입니다.

고려 시대 강동성에서 거란의 침입을 격퇴한 김취려 장군의 11세손이기도 합니다.

김사지 입북 시조님은 조선 중기 사림파의 총수 김종직의 제자로 알려져 있습니다.

조선 성종 대에 문과에 급제한 이후 사간원 정언, 성균관 전적, 육조의 좌랑 관직에 오르신 분입니다.

그러나 연산군 대에 사림파 선비 상당수가 무오사화에 휘말려 죽임을 당하거나 유배를 갑니다.

김사지 입북 시조님은 처음엔 청주로 유배를 갑니다.

이어 6년 뒤 갑자사화에 홍원으로 다시 유배를 갑니다.

그러자 부친을 봉양하기 위해 효성이 지극한 아드님 두 분도 유배지 홍원으로 따라갑니다.

그 뒤 홍원을 중심으로 북청, 이원 등지에 그 후손들이 널리 퍼져 살게 됩니다.

김사지 입북 시조님이 청주에서 오신 관계로 그 후손들이 청주를 본관으로 새로 정합니다.

청주 김씨 집안 어른 중에는 한국전쟁 당시 서울에서 인민군에게 끌려가 생사를 모르는 김경종 목사님이 계십니다.

인산 죽염의 창시자 김일훈 옹도 가까운 한집안 혈족입니다.

당신은 조상에 대한 뿌리 의식이 강한 분이었습니다.

이북의 씨족 마을에서 그 후손들이 함께 모여 살던 세대인지라, 문중에 대한 연대감과 결속력이 아주 끈끈했습니다.

이북 실향민 1세대 문중 어른들끼리는 나이와 상관없이 항렬에 따라 깍듯이 존칭하거나 말을 편히 놓기도 했습니다.

그러나 세월이 흘러 문중 어른 대부분이 돌아가셨습니다.

그러다 보니 '백여 명 실향 족인들이/버스 2대에 나눠 타고' 한탄강 등지에서 가졌던 청주 김씨 종친회 모임 행사도 자연스럽게 없어졌습니다.

시대가 바뀌어 오늘날 족보는 낡은 시대의 유물이 되고 말았습니다.

젊은 세대는 더이상 족보에 대해 별로 관심을 가지지 않습니다.

　유교 문화의 영향을 받은 생활풍습과 옛 전통은 점점 사라져 가고 있습니다.

　이젠 가족 중심 체제로, 더 나아가 1인 가족 체제로 새롭게 바뀌어 가고 있습니다.

　요즘은 친족 관계도 6촌이면 먼 친척으로 여기며, 서로 몰라보는 남남인 세상이 되었습니다.

　그런 측면에서 보면 이북 실향민 2세대 아들은 행복한 세대인지도 모릅니다.

　이북 실향민 1세대 어른들의 문화적 풍습과 옛 전통을 이어받았기 때문입니다.

　그래서 7촌, 9촌, 11촌, 13촌, 15촌 되는 먼 친척도 큰아버지, 작은아버지, 고모라고 부르는 것을 당연시 여겼습니다.

　아무리 촌수가 멀어도 가까운 친척으로 여기며, 4촌처럼 친하게 지낼 수 있었습니다.

　「한탄강」은 청주 김씨 실향 족인들이 모인 종친회에 참석하고 나서 쓴 시입니다.

　1986년 어느 봄날, 당신은 한탄강 강변에서 한국전쟁 당시의 총성을 떠올려 봅니다.

　당신은 실향 족인들과 함께 '눈송이처럼 버들꽃이 하얗게 지는/강 언덕에 둘러앉아/따르는 술잔에 향수가' 어립니다.

　노래 실력이 가수급인 당신은 '주고받는 정배주(情盃酒)에 취한 대로/망향가로 함경도 민요 어랑타령을' 불러보기도 합니다.

'어느새 흰머리 주름진 얼굴로 서로 마주 보며' 실향족인 들끼리 '아주바이, 아바이, 듑세 등등/친숙한 고향 사투리 쓰며/즐거운 하루 회포를' 풀어봅니다.

하지만 당신의 가슴 속에는 북녘 고향에 대한 향수가 뼛속 깊이 배어 있습니다.

「한탄강」은 이북 실향민 1세대 어른들의 귀향 염원이 절절히 담겨 있는 시입니다.

살아생전 당신은 가문의 전통과 조상의 뿌리를 잊지 않으려는 선조들의 정신을 그대로 계승한 분이었습니다.

당신은 청주 김씨 문중을 대표하여 족보 서문을 쓰기도 했습니다.

남한에 정착한 청주 김씨 실향족인들을 중심으로 새로 편찬한 족보였습니다.

청주 김씨 후손을 위해 '조상의 얼과 긍지를 심어준' 당신에게 정말 감사드립니다.

대나무

한데 모아 빽빽이 살아도
청정하고 늠름하게 쭉쭉 뻗는다
마디마디 한결같은 절조
날카로운 잎새
싱싱한 기개

만고풍상 비바람 속에
언제나 생기 있고
사시사철 푸르름으로
변절 없이 곧고
바르게 살아간다

모진 강풍에 휩쓸려도
꺾이지도 쓰러지지도 않는
강직한 정절
고귀한 기상

한겨울에도
꿋꿋이 푸르름을 지키는

대나무는
사군자 중 으뜸이다

(1986. 12)

자화상

'한겨울에도 꿋꿋이 푸르름을 지키는 대나무'를 칭송한 시입니다.

흔히들 부정과 불의에 타협하지 않으며, 올바르고 지조가 있는 사람을 '대쪽같은 사람'이라고 표현합니다.

곧고 강인한 줄기를 지닌 대나무는 '모진 강풍에 휩쓸려도 꺾이지도 쓰러지지도' 않습니다.

한겨울 속에도 추위를 타지 않으며, '사시사철 언제나 푸르름으로' 꿋꿋이 살아갑니다.

예부터 대나무는 지조와 절개의 상징으로 비유되며, 사군자 중 으뜸으로 치고 있습니다.

조선 시대의 사간원 정언은 임금에게 간언하는 직책입니다.

사간원 정언은 성품이 바르고 곧은 청백리에서 뽑았다고 합니다.

그런데 그 직책을 맡은 신하 중에는 임금의 미움을 받아 유배 가는 경우가 많았다고 합니다.

때로는 임금의 노여움을 사서 유배지에서 사약을 받고, 심지어 죽임까지 당했다고 합니다.

조선왕조실록을 통해 확인해 보았습니다,

김사지 입북 시조님도 성종 임금에게 직언을 서슴지 않

은 강직한 신하였습니다.

　김사지 입북 시조님의 유전자를 그대로 물려받아 그런지
도 모릅니다.

　그 후손인 당신도 성품이 아주 강직한 분이었습니다.

　당신은 거짓으로 사람을 속이거나 아부하는 말을 전혀
할 줄 몰랐습니다.

　너무 고지식하고, 곰처럼 미련하다는 소리를 들을 만큼
우직했습니다.

　게다가 아주 직설적이며, 솔직한 성품을 지닌 분이었습
니다.

　그래서 당신은 이북의 공산당 체제에서 유독 심하게 핍
박받아야 했습니다.

　설령 이북 공산당 체제가 싫어도 생존을 도모하는 게 현
명한 처세였을 것입니다.

　결국 입바른 당신은 이북 공산당 체제에 강한 불만을 드
러내 반동분자로 낙인 찍혔던 것입니다.

　그래도 너무도 험난한 세월을 꿋꿋이 견디며 살아온 분
이었습니다.

　당신은 '만고풍상 비바람 속에도/언제나 생기 있고/변절
없이/곧고 바르게' 살다가 허공으로 돌아가셨습니다.

　'모진 강풍에 휩쓸려도/꺾이지도 쓰러지지도 않는' 대나
무의 강인한 모습은 바로 당신의 자화상이었습니다.

비둘기의 비명(非命)

20여 년간 하루도 빠짐없이 일하러 나가던 용산청과물 시장이 가락동으로 옮긴 지도 벌써 수개월째다.

이젠 시장에 남은 상인들은 굴다리 부근의 영세 노점상들뿐이다.

용산청과물 시장이 떠난 이후 사람들이 많이 줄어들어 장사가 영 신통치 않다.

칠순이 다 된 나이인데도 원래 타고난 팔자가 안 좋아 그런 건지 알 수 없다.

오늘도 한겨울 추위 속에서 손수레에 헌 옷가지를 늘어놓고. 시장에서 장사해야 한다.

몇 달 전만 해도 차량과 사람 통행이 몹시 복잡한 곳이다.

지금은 시장 진입로가 광장같이 넓은 길로 변해 한적하기만 하다.

날씨가 너무 추운 탓에 틈틈이 지나다니던 사람들도 시장에 통 나오질 않는다.

그래도 예나 다름없이 비둘기들이 시장으로 먹이를 찾아 자주 나온다.

가락동으로 청과물시장이 이전한 뒤. 모래땅에는 먹을 게 별로 없다.

나 또한 마찬가지 신세이겠지만, 저 비둘기들이 쓸쓸한 이곳 시장을 여전히 찾아오는 까닭은 무엇 때문일까.

추위에 아랑곳없이 비둘기들이 시장에 나와 모래땅에서 부지런히 먹이를 찾고 있다.

아마 예전에 시장에 먹을 게 많아 배불리 먹고, 옥상에 올라 뛰놀던 정든 터전이라 그럴 것이다.

새해 1월, 몹시 추운 날씨이다.

오후 무렵 평소와 다름없이 시장을 찾아온 비둘기들이 먹이를 찾고 있다.

그때 갑자기 어디서 탁, 하는 총소리가 들린다. 공기총 소리가 분명하다.

그 순간, 비둘기들이 혼비백산해 높이 날아가 버린다.

총 맞은 흰 비둘기 한 마리가 길바닥에 쓰러진 채 살려고 날개를 파닥거린다.

그때 으슥한 빈 점포에 은신해 공기총을 쏜 젊은 사내가 불쑥 나온다.

오토바이 뒤칸에 나무상자 하나가 놓여 있다.

거기에 공기총을 얼른 감춰 놓은 다음, 건장한 젊은 사내가 성큼성큼 걸어온다.

삼십 대 중반쯤으로 보이는 사내가 흰 비둘기를 태연히 나무상자 안에 주워 넣는다.

실로 어처구니없다. 그냥 보고만 지나갈 수 없어 말 한마디를 툭 던진다.

"이 사람, 죄 없는 비둘기를 왜 잡아!"

나무상자 안을 슬쩍 들여다보니, 어디서 잡아넣었는지 죽은 비둘기 한 마리가 또 들어 있다.

"이 추운 날씨에 젊은 사람이 하릴없이 비둘기 사냥을 다니는가!"

눈에 거슬러 거듭 따지자, 젊은 사내가 잠시 주춤하다가 뻔뻔스럽게 대답한다.

"미안합니다. 안주하려 합니다."

더 말할 나위 없다. 죄 없는 비둘기를 이렇게 공기총으로 마구 잡아도 된다는 건가?

부질없이 무고한 생명을 잔인하게 앗아간 젊은 사내의 소행이 정말 괘씸하기 짝이 없다.

삶과 죽음이 바뀌는 생종(生終)의 장면을 목격하니, 왠지 서글픔이 앞선다.

나 또한 찬바람이 불어와도 먹고 살기 위해 시장 길바닥에 서 있는 신세라 그런가 보다.

텅 빈 용산시장에는 찾아오는 사람 없이 너무 쓸쓸하기만 하다.

추운 날씨 속에 한가롭게 서 있노라면 그 비둘기 모습이 자꾸 떠오른다.

사람 믿고 사는 평화의 새를 죽인 그 젊은 사내는 술 먹기 위해 잡아가는가?

비둘기 안주로만 술을 처먹는가? 어쨌든 곤장 맞아야 할 고약한 사람이다.

오늘도 나는 용산 굴다리 부근에서 여전히 헌 옷 장사를 하고 있다.

그 뒤로 비둘기들은 시장에 통 오지 않고, 거기에 내 시선이 스칠 뿐이다.

(1986.1. 용산시장 굴다리 부근 노상에서)

고바우 영감

　1980년대 중반, 용산전자상가가 들어서기 이전에는 용산
청과물 중앙시장이 그 자리에 있었습니다.

　그 시절 용산청과물 중앙시장에는 날품팔이 지게꾼들로
득실거렸습니다.

　최하층 빈민인 그분들은 그곳 시장에서 청과물 따위를
지게에 지고 나르는 일을 했습니다.

　그분들은 하루 벌어 끼니를 겨우 연명하는 하루살이 인
생들이었습니다.

　용산역 부근 홍등가 주변에는 허름한 판잣집과 여인숙이
밀집해 있었습니다.

　그분들은 그곳에서 월세나 일세를 내며, 최저 생활로 힘
겹게 생존해야 했습니다.

　돈벌이가 없는 날이면 역광장이나 대합실 등등에서 노숙
하는 이들도 적지 않았습니다.

　겨울 김장철이 되면 시장 곳곳에는 김장용 배추들이 산
더미처럼 쌓여 있었습니다.

　김장용 배추들은 보온용 가마니들로 여러 겹 덮여 있었
습니다.

　그분들 중에는 막걸리로 끼니를 대신하고, 술에 취해 가

마니를 꺼내 덮고 자는 분들도 있었습니다.

해마다 겨울철이면 그곳 시장에는 노상에서 자다가 죽는 동사자들이 심심찮게 발생하곤 했습니다.

그 시절만 해도 가난하고 어려운 이웃들이 도시 변두리에 수두룩했습니다.

당신도 용산청과물 중앙시장 굴다리 부근에서 노점상으로 힘겹게 생계를 이어갔습니다.

그러나 당신은 노점상을 하면서도 문학에 대한 미련을 완전히 버리지 못했습니다.

리어카 좌판 한구석에는 간이의자 하나가 놓여 있었습니다.

당신은 간이의자에 앉아 달력 종이 뒷면에 시와 수필을 틈틈이 쓰곤 했습니다.

「비둘기의 비명(非命)」은 그렇게 완성한 수필이었습니다.

어느덧 세월이 또 흘러갔습니다. 이젠 당신도 칠순을 바라보는 나이가 되었습니다.

그곳 시장 노점상인 중에서 누가 먼저 '고바우 영감'이라고 불렀는지는 모릅니다.

50대 이후 노점 인생으로 계속 살아온 당신은 그곳 시장에서 '고바우 영감'으로 통했습니다.

1980년대에 동아일보 시사만화에서 힘없고 가난한 서민들을 대표하는 주인공 '고바우 영감' 말입니다.

그 당시 '고바우 영감'은 민의의 대변자 역할을 맡아 신문 독자들로부터 뜨거운 환영과 호응을 받은 캐릭터입니다.

당신은 '고바우 영감'처럼 성품이 아주 강직하고, 고지식한 분이었습니다.

그 무렵, 용산전자상가 개발팀 측과 그곳 시장 점포 상인들간에 마찰이 아주 심했습니다.

가락동 이전에 따르는 철거 보상 문제 때문에 시장이 온통 시끌시끌했습니다.

그곳 시장 노점상인들도 철거 보상을 받기 위해 협상 대표로 당신을 추대했습니다.

노점상인 중에서 가장 똑똑하고 학식이 많은 분으로 인정받아 협상 대표를 맡았던 것입니다.

몇 달간 당신은 용산전자상가 개발팀 측과 몇 차례 협상을 벌였습니다.

줄다리기 협상 끝에 노점상인들도 용산전자상가 입주용 딱지를 받아내는 성과를 얻어냈습니다.

비록 입주할 만한 경제 능력이 안 되어 노점상인 대부분이 나중에 그 딱지를 되팔았지만 말입니다.

요즘도 용산 전자상가 부근을 가끔 지나갈 때면 당신이 몹시 생각납니다.

지난 날 당신이 그곳 시장 굴다리 부근에서 헌 옷 장사를 하던 모습을 추억해 봅니다.

노량진 소재 중학교에 다니던 무렵이었습니다.

방과 후 교통비를 아끼기 위해 중학생 아들은 원효로 집까지 걸어간 적이 많았습니다.

중간에 그곳 시장에 들르면 당신은 허름한 천막 식당으로 데려가 순댓국 한 그릇을 꼭 사주곤 했습니다.

한창 식욕이 왕성한 중학생 아들은 허겁지겁 맛있게 순댓국을 먹곤 했습니다.

당신은 싸구려 국수로 점심을 때우거나 아예 굶는다는 사실을 모르고 말입니다.

1960년대 초등학교 4~5학년 국어 또는 도덕 교과서에 실린 수필 한 편이 아련한 옛 기억으로 떠오릅니다.

어느 추운 겨울날이었습니다.

중년 신사 한 분이 시장 장터 입구에서 몇 시간째 함박눈을 맞으며 서 있었습니다.

나이 지긋한 시장 상인이 그러한 중년 신사의 모습을 의아하게 여겼습니다.

망설인 끝에 무슨 사연이 있느냐며, 시장 상인이 중년 신사에게 넌지시 물어보았습니다.

그러자 중년 신사가 가슴 아픈 사연을 들려주었습니다.

중년 신사의 고백에 따르면 홀아버지가 이곳 시장 장터에서 보따리 행상을 하며 자식을 키웠다는 것입니다.

설날을 며칠 앞둔 어느 날, 홀아버지는 감기몸살을 심하게 앓았다고 합니다.

장날인 그날 아침, 홀아버지가 겨울방학 중인 아들한테 오늘만 대신 장사해 달라고 간곡히 부탁합니다.

하지만 초등학생 아들은 좀처럼 용기가 나지 않았습니다.

혹시나 시장 장터에서 학교 친구들과 얼굴을 마주칠까 두려웠습니다.

아들은 창피당할 것 같아 장사하기 싫다고 울며불며 버텼습니다.

결국 홀아버지가 아픈 몸을 이끌고 장사하러 나갔다는 것입니다.

중년 신사는 지난 일을 몹시 후회하고 있었습니다.

평생 자식을 위해 고생하다 돌아가신 선친을 떠올리면 너무 죄송스럽다는 것이었습니다.

그래서 선친의 기일이 되면 시장 장터에 찾아가 뒤늦게 지난 불효를 참회한다는 것이었습니다.

1960년대 초등학교 교과서에 실려 있던 그 수필이 지금도 생생히 생각납니다.

어느덧 불효자식도 초로의 나이에 접어들었습니다.

하염없이 함박눈을 맞으며 시장에 서 있던 중년 신사의 애틋한 심정을 충분히 헤아리고 남습니다.

「비둘기의 비명(非命)」은 문장이 투박하지만, 아주 진솔한 수필입니다.

그 겨울날, 허허벌판인 용산시장 굴다리 부근에서 손님 오기만 마냥 기다리는 노인의 쓸쓸한 모습을 떠올려 봅니다.

당신이 허공으로 돌아가시기 전, 당신의 헌신과 사랑에 감사하다는 말조차 하지 못한 불효자식입니다.

이제라도 속마음을 뒤늦게 전합니다.

그리운 아버지, 너무너무 감사하고, 너무너무 사랑합니다.

되찾은 설날

설날은 우리나라 고유전통 민속의 날이다. 송구영신의 첫 번째 가장 큰 명절이다.

그러나 오랜 세월 동안 서양에서 들어온 신정(新正)에 밀려 구정(舊正)으로 버림받은 명절이기도 하다.

그러다 초야의 뱀처럼 도사리고 때만 기다리던 중, 올해 기사년 뱀해에 우리의 전통 설날을 되찾아 정말 감회가 새롭기만 하다.

어쨌든 벼르고 벼르던 외래 설을 물리친 장한 역사의 해이다.

이 기사년 뱀해에 갈라진 조국의 반쪽 남한 땅에 행운의 열쇠를 뱀이 물고 온 것이다.

우리의 소망인 통일의 문도 이렇게 활짝 함께 열리기를 간절히 기대해본다.

오늘 기쁜 내 가슴 속 아련한 추억의 설날이 일곱 빛깔 고운 무지개처럼 아름답게 떠오른다.

그 옛날이 사무치도록 너무 그립기만 하다.

어릴 적 고향의 설날이 주마등처럼 눈앞을 스쳐 지나간다.

해마다 섣달 중순쯤이면 집 안에서 똑딱똑딱 옷 다듬이 소리와 함께 설날을 맞이하기 시작한다.

그때부터 어린 나는 왠지 마음이 들뜨고 설렌다.

볏짚 신과 광목으로 만든 통버선이 괜스레 신기가 싫어진다.

섣달 스무닷새 장날이 돌아오면 어머니에게 거북선표 고무신과 삼공 양말을 사 오라고 졸라댄다.

섣달 그믐날 초저녁이 되면 앞마당에 환유등(換油燈)을 밝힌다.

앞마당에서 흰 떡, 노란 떡, 붉은 떡을 쿵쿵 치는 떡메 소리도 푸짐하다.

이윽고 제사 시간이 가까워져 오면 어린 남동생과 함께 초롱불 들고 집 밖을 나선다.

아버지를 따라 산기슭 큰집으로 향한다.

큰아버지 집에 제사 지내러 가면 사촌들 앞에서 거북선 고무신과 삼공 양말을 자랑한다.

차례를 마치고 난 뒤, 할머니가 손주들에게 사과 한 알씩 나눠주면 배도 달라고 떼쓴다.

어느덧 집에 돌아오면 벌써 깊은 밤이다.

그냥 잠들면 눈썹이 하얗게 세진다고 해 졸음을 억지로 참고, 첫닭이 울기만 하염없이 기다린다.

정월 초하룻날, 새 아침이 밝아오면 머리맡에 놓인 새 옷과 양말, 고무신을 얼른 신는다.

집집마다 아이들이 동네 어른들에게 세배하러 나서면 이집은 떡국, 저 집은 과자 따위를 나눠준다.

어느 집은 세뱃돈으로 오전 짜리 동전을 주기도 한다.

나와 남동생은 돈을 옷고름에 꼭 매고, 과자를 함께 먹으며 신나게 동네를 돌아다닌다.

동네 어른들에게 세배를 마친 다음, 서당 앞에 나가면 동네 청년들이 타관에서 모두 돌아와 반갑게 서로 인사 나눈다.

동네 청년들은 머리에 기름을 발라 번들거리며, 양복 차림으로 서 있는 늠름한 모습들이다.

초저녁 무렵, 제삿술 마시고 얼큰히 취한 동네 청년들의 흥겨운 북소리를 뒤따라간다.

동네 공터에서 기다란 느릅나무 널판을 높이 괴이고, 고운 한복 차림으로 널 뛰는 동네 처녀들의 모습이 눈에 선하다.

동네 처녀들이 높이 오르내릴 적마다 뒤엣머리 붉은 댕기가 허공에 휘날린다.

널뛰는 동네 처녀들의 모습을 바라보던 어린 날의 옛 추억이 아련하기만 하다.

그러나 이 모두 흘러간 옛 시간의 그리운 추억일 뿐이다.

어릴 적 홍돌(洪突)이와 하늘 연 띄우고, 얼음 땅 위에서 신나게 팽이 치던 그런 설은 다시 돌아오지 않는다.

그 홍돌이의 생사도 이젠 모른다.

그러다 올해 새로 맞이한 기사년 전통설날에 우리의 감회도 새롭게 실감 난다.

지금은 몸이 점점 늙어가고, 추억만 젊어가는 내게도 전통 설날이 더욱 반갑기만 하다.

(1989. 기사년 정월)

꿈속의 사람

1989년 기사년 뱀해는 '벼르고 벼르던 외래 설을 물리친 장한 역사의 해'였습니다.

불과 30여 년 전만 해도 우리 전통 민속 명절인 음력설은 비공식 명절이었습니다.

경술국치 후 일제는 우리 민족문화의 전통을 말살하는 정책을 펼쳤습니다.

음력설은 옛것을 없애야 한다는 취지로 구정(舊正)으로 폄하했습니다.

일본 설인 양력설은 신정(新正)으로 불렀습니다.

양력 1월 1일을 설날 공휴일로 지정했고, 일제는 공권력을 동원하여 음력설을 아예 금지했습니다.

그럼에도 일제강점기에 우리 민족은 신정을 설날로 받아들이지 않았습니다.

우리 민족은 음력설 전통을 끝까지 지켰습니다.

해방 이후에도 음력설은 줄곧 박대당했습니다.

대한민국 역대 정부는 국제화 시대에 역행된다는 이유로 양력설을 계속 고수했습니다.

하지만 양력 1월 1일은 그냥 정초일 뿐이었습니다.

대부분 가정은 여전히 음력설을 쉬었습니다.

오랜 세월 동안 음력설은 전통 명절의 명맥을 그렇게 쭉 이어왔습니다.

그러다 마침내 1985년 '민속의 날'이라는 이름으로 공휴일로 공식 제정되었습니다.

그런 우여곡절 끝에 1989년에 공식적인 '설날'로 완전히 복권되었습니다.

음력설이 '설날'이라는 그 이름을 되찾기까지 실로 수십여 년의 세월이 걸렸던 것입니다.

「되찾은 설날」은 기사년 뱀해에 되찾은 전통설날을 기뻐하며 쓴 수필입니다.

'우리의 소망인 통일의 문도 이렇게 함께 열리기를 간절히 기원'하면서 말입니다.

어느덧 칠순을 넘긴 당신은 고향 설날을 회고하며, 추억의 실타래를 풀어봅니다.

유년 시절, 설날이 다가오면 어린 당신은 '볏짚 신과 광목으로 만든 통버선이 괜스레 신기가 싫어졌나' 봅니다.

어린 당신은 '장날이 돌아오면 어머니에게 삼공 양말과 거북선표 고무신을 사 오라고' 졸라댑니다.

예나 지금이나 명절을 대하는 동심의 세계는 똑같다는 사실을 새삼 깨달았습니다.

'삼공 양말'과 '거북선표 고무신'과 관련된 옛 자료들을 조사해 보았습니다.

일제강점기에 '삼공 양말'은 몇몇 안 되는 우리 민족기업이었습니다.

1930년대 중반 무렵, 남녀 직공만 850여 명을 둔 평양 최대의 양말공장이었습니다.

그 당시 '삼공 양말'은 소비자들에게 인기가 아주 높았으며, 만주 등지에도 수출했다고 합니다.

서슬 퍼런 일제강점기에 '거북선'을 상표로 쓴 고무신 회사가 있었다는 사실에 정말 놀라움을 감출 수가 없습니다.

기록에 따르면 고무신이 이 땅에 처음 들어온 것은 1910년대 후반이었습니다.

그 시절만 해도 조선 민중의 경우, 남녀노소 대부분이 짚신을 신고 다녔습니다.

하지만 볏짚으로 만든 짚신은 기껏해야 사나흘밖에 신지 못했습니다.

비 내리는 날이면 짚신의 경우, 물기가 젖어 드는 데다가 진흙도 엉겨 붙어 여간 불편하지 않았습니다.

반면 고무신은 그보다도 훨씬 실용적이며, 신고 다니기가 편했습니다.

고무신은 값싼 가격에 방수도 잘 되며, 재질도 질겨 선풍적인 인기를 끌었다고 합니다.

1930년대 중반쯤 되면 도시 사람 대부분이 고무신을 신는 게 생활화되었다고 합니다.

하지만 농촌 사람 대부분은 어려운 생활 형편 때문에 여전히 짚신과 나막신을 주로 신었다고 합니다.

할머니 또한 가난한 소작농의 아내였습니다.

아마 명절이 다가오자, 어린 당신을 위해 큰맘 먹고 삼공 양말과 거북선표 고무신을 샀으리라 짐작됩니다.

섣달그믐 날, '제사 시간이 가까워져 오면' 어린 당신은 할아버지를 따라 산기슭 큰집으로 향합니다.

큰할아버지는 고향 마을에서 부부의 연을 수십 쌍 맺어 준 중매인으로 유명한 분입니다.

언변이 좋고 대인관계가 좋으며, 어릴 적 천연두를 앓아 살짝 곰보였다고 합니다.

큰할머니는 안중근 의사와 함께 조선 총독 이토 히로부미를 척살하려 했던 조도선 의사의 친누이입니다.

다시 말해, 큰할아버지와 조도선 의사는 처남 매부 사이입니다.

어린 당신은 큰집에 놀러 가면 큰할머니로부터 안중근 의사와 조도선 의사의 거사 이야기를 자주 들었다고 합니다.

족보를 통해 경주 김씨로만 알고 있는 증조할머니였습니다.

증조할머니에게 배 달라고 떼쓰는 어린 당신의 모습을 상상하니, 슬며시 미소가 절로 새어 나옵니다.

평소 근엄한 당신도 떼쟁이 꼬마 시절이 있었다는 사실이 무척 흥미롭습니다.

증조할머니를 한 번도 뵙지는 못했습니다.

그래도 이 수필을 통해 어린 손주들을 사랑하는 증조할머니의 따스한 체취를 느낄 수 있었습니다.

그러나 '이 모두 흘러간 옛 시간의 그리운 추억일 뿐'입니다.

'어릴 적 홍돌(洪突)이와 하늘 연 띄우고, 얼음 땅 위에서 신나게 팽이 치던 그런 설'은 다시 돌아오지 않습니다.

이 수필에 등장하는 '홍돌이'라는 고향 친구분의 이름이 정말 정겹게 들립니다.

아마 북녘 고향에서 함께 뛰놀고 지내던 죽마고우를 통틀어 '홍돌이'라고 부른 이름이었을 것입니다.

어느새 또 많은 세월이 훌쩍 지나갔습니다.

이젠 당신도 '지금은 몸이 점점 늙어가고, 추억만 젊어가는' 칠순을 넘긴 노인이 되었습니다.

객사에서 주인과 나그네가 나누는 꿈 이야기를 들은 뒤 청허 휴정 스님은 「삼몽사(三夢詞)」를 지었다고 합니다.

주인은 나그네에게 꿈 이야기하고
나그네도 주인에게 꿈 이야기하네
지금 꿈 이야기하는 두 나그네여
이 또한 꿈속의 사람이네

主人夢說客(주인몽설객)
客夢說主人(객몽설주인)
今說二夢客(금설이몽객)
亦是夢中人(역시몽중인)

주인과 나그네가 주체와 객체로 구분되는 둘이 아니며,
생사와 열반이 간밤의 꿈과 같다는 내용의 시문입니다.
　당신의 추억 속 고향 설날의 증조할머니, 큰할아버지, 큰
할머니, 할아버지, 할머니, 작은아버지, 홍돌이 등등…….
　그러나 이 모두 꿈속의 사람입니다.
　그분들을 추억하는 당신도 그렇고, 당신을 추억하는 아
들도 꿈속의 사람입니다.

고향 뻐꾸기

온 길 천 리, 갈 길 구만 리
기다려 20년, 지쳐 또 20년
늙고 병든 아바이 고향 산천 그리워
허덕허덕 지친 몸으로 찾아가
망향대 언덕에서
옛 향수에 젖는다

시절 아는 찔레꽃 하얗게 피어
여름이 또다시 돌아왔는데
그 옛날 홍원 마산(馬山) 푸른 숲속에 살던 뻐꾸기들도
오랜 세월 동안 제철마다
울다 지쳐 늙어 죽었어도
이젠 그 후손 뻐꾸기들이 대 이어
지금쯤 한가로이 동산에서 울고 있을 것이다

마산 자락 시냇물은 오늘도 끊임없이
만세교 밑에서 졸졸 흐르고 있겠구나
그 옛날 버드나무 아래 맑은 물가에서
빨래하던 붉은 댕기 처녀들

덧없는 세월 따라
소리 없이 늙어가고 있겠구나

어린 날, 소먹이고 돌아오던 황톳길
웃개울 징검다리 건너
황혼이 깊어 올 무렵이면
검푸른 용와산 계곡에서 소쩍새 울고
등잔불 희미한 초가지붕 위
하얀 박꽃 핀 앞마당에
모깃불 피워놓고 멍석에 앉아
은하수 바라보며 햇보리 밥 먹던 그 시절도
이젠 다시 못 올 아련한 옛꿈

아득한 향수
가슴에 뭉친 응어리
눈감으면 떠오르는 안타까운 환영
내 눈 감기 전 고향산천 찾아갈 수 있다면
얼마나 좋으련만
정녕 통일의 그날은 언제 돌아오려나

정든 고향 산천 그리워하며
추억의 실타래를 풀어본다
졸졸 맑은 시냇물 소리
똑딱똑딱 빨랫방망이 소리
뻐꾹 뻐꾹 뻐꾸기 소리
해마다 여름 호박꽃 필 무렵이면
옛 시절이 아련히 새로워진다

(1990. 봄)

마지막 작별 선물

어느덧 또 세월이 훌쩍 지나갔습니다.

이젠 당신도 인생의 황혼기에 접어들었습니다.

누구나 예외 없이, 당신 또한 속절없이 늙어갔습니다.

대자연의 모든 생명체가 그렇듯이, 생로병사는 그 누구
도 피할 수 없는 숙명입니다.

당신도 늙고, 병들고, 죽는 과정이 점점 가까이 다가오고
있었습니다.

이젠 당신의 고향 친구분 중에서 생존해 계시는 분들은
아무도 없었습니다.

병상에 누워 죽을 날만 기다리는 고향 친구조차 없었습
니다.

다들 저세상으로 이미 떠나고 없었습니다.

용산 중앙시장에서 헌 옷 장사를 그만둔 뒤, 당신은 공사
현장 야간경비로 취직했습니다.

이북 실향민 잡지사에 이 시를 발표하기 1년 전쯤만 해도
50대 못지않게 아주 건강한 분이었습니다.

그래서 칠순의 고령임에도 공사현장 야간경비로 특별 채
용되었던 것입니다.

그런데 공사현장에서 철야 근무하던 어느 여름날이었습니다.

굵직한 장대비가 온종일 쏟아지던 그날, 당신은 아침 귀갓길에 건널목을 건너는 도중이었습니다.

불행히도 당신은 빗길에 교통사고를 당해 다리를 크게 다쳤습니다.

그래서 몇 달간 병원에서 입원 치료를 받게 되었습니다.

게다가 퇴원한 이후, 엎친 데 덮친 격으로 중풍도 맞게 되었습니다.

그 뒤로 안타깝게도 몸 움직임이 자유롭지 못했습니다.

어쩔 수 없이 당신은 나무 지팡이에 의지해 바깥출입을 해야만 했습니다.

초등학생 시절, 서울 근교 왕릉으로 봄 소풍을 간 적이 있었습니다.

그 지팡이는 초등학교 4학년 아들이 왕릉 근처 기념품점에서 사 온 것이었습니다.

그 당시 꼬마 아들은 이담에 당신이 꼬부랑 할아버지가 되면 지팡이가 꼭 필요하다고 생각했습니다.

노후의 당신을 걱정한 꼬마 아들의 엉뚱한 효도 선물이었습니다,

그런데 놀랍게도 당신은 박달나무 지팡이를 버리지 않고, 무려 20년 넘게 다락방에 고이 보관했던 것입니다.

그로부터 오랜 세월이 지났는데도, 그 나무 지팡이는 아무 손상 없이 튼튼했습니다.

그해 가을 어느 날이었습니다.

그날 오전, 당신은 그 나무 지팡이에 의지해 종로행 버스를 탔습니다.

당신은 다리를 절룩거리며 〈월간 동화〉 잡지사로 직접 찾아가 이 시를 투고했던 것입니다.

「고향 뻐꾸기」는 옛 고향산천의 정경을 향토적이고 서정적인 시어로 아름답게 그려낸 시입니다.

'아득한 향수/가슴에 뭉친 응어리/눈감으면 떠오르는 안타까운 환영' 속에서 '정든 고향 산천 그리워하며/추억의 실타래를 풀어본' 시입니다.

또한 남북통일을 열망하는 이북 실향민 1세대 어른들의 간절한 비원이 담겨 있는 분단 시이기도 합니다.

당신의 아들은 이 시를 읽는 동안 내내 마음이 아리고 너무 아팠습니다.

'이젠 다시 못 올 아련한 옛꿈'을 향한 당신의 추억 속에는 망향의 사무침이 절절히 배어 있었습니다.

꾸밈없는 소박함과 진솔함이 물씬 묻어 있는 이 시를 통해 맑고 순수한 당신의 심성을 새삼 느낄 수 있었습니다.

〈월간 동화〉에 「고향 뻐꾸기」를 발표한 이후에도 당신은 십수 편의 시를 썼습니다.

하지만 노년의 고독과 비애에 젖어 쓴 시라서 그럴까요.

말년의 시는 다분히 감상적이며, 아직 시어가 덜 다듬어진 미완성 시가 대부분이었습니다.

그 뒤로도 당신은 나무 지팡이에 의지해 바깥출입을 했습니다.

아침 식사를 하고 나면 규칙적으로 원효로 동네 한 바퀴를 꾸준히 돌았습니다.

날마다 동네 한 바퀴를 돈 다음, 귀가하는 것이 당신의 일과였습니다.

하지만 한 해, 두 해가 지나갈수록 당신은 몸 움직임이 점점 둔해져 갔습니다.

당신의 걸음은 더욱 더디어지고, 기력이 많이 쇠약해져 갔습니다.

그런데도 당신은 나무 지팡이에 의지해 동네 한 바퀴를 기어이 돌았습니다.

젊은 사람들의 보통 걸음걸음으로 30분 정도면 충분한 거리였습니다.

하지만 연로한 당신이 동네 한 바퀴를 돌려면 네댓 시간 이상 걸려야 했습니다.

정말 당신의 끈기와 노력, 인내심은 대단했습니다.

당신은 인생의 마지막 황혼기에 눈물겹게 생의 투지를 보였던 것입니다.

어느덧 두어 달 지나면 당신은 팔순의 나이였습니다.

이젠 당신은 걷는 힘조차 얼마 남지 않음을 깨달았습니다.

꼬부랑 할아버지가 되어 바깥출입도 포기해야 하는 날이

다가온 것입니다.

아마 그 무렵 당신은 앞으로 1~2년, 어쩌면 더 빨리 올지도 모르는 가족들과의 이별을 준비하는 것 같았습니다.

1998년 가을 어느 날이었습니다.

아침 일찍 당신이 대문 밖으로 나선 이후 꼬박 8시간쯤 걸렸을 것입니다.

그날 당신은 어머니를 위한 마지막 작별 선물을 마련했습니다.

서울 원효로 용문시장 입구에 있는 금은방에서 금반지를 선물로 사 온 것이었습니다.

부부로 살아온 50년 세월 동안 당신은 어머니를 무척 고생시켰습니다.

그 금반지는 그런 어머니에게 미안한 마음을 담은 당신의 선물이었던 것입니다.

6·25 전쟁이 터지기 전만 해도 외갓집은 부잣집이었습니다.

서울 토박이인 어머니는 자존심이 아주 강하고, 콧대가 센 분이었습니다.

그런데 당신도 성격이 괄괄하고, 호랑이 같은 분이었습니다.

평소 어머니는 돈을 많이 못 버는 무능한 당신에 대한 불평불만이 많았습니다.

게다가 서로 성격이 맞지 않아 사이가 썩 좋지 않았습니다.

그날 저녁, 어머니는 이딴 거 필요 없다며, 금반지를 방바닥에 내동댕이쳤습니다.

그러자 당신은 아무 말 없이 도로 손으로 집어 주웠습니다.

한참 뒤 눈치를 살피다가 어머니 옆에 금반지를 가만히 내려놓았습니다.

그러고는 슬쩍 자리를 피하는 것이었습니다.

그날 이후 당신은 바깥출입을 멈췄고, 온종일 집 안에 들어앉았습니다.

그렇게 한 2년간 아무 병 없이 지내던 중, 당신 스스로 곡기를 끊고 꿋꿋이 임종을 맞이한 것이었습니다.

당신이 돌아가시기 열흘 전쯤이었습니다.

소설가 지망생 아들이 인천에 작업실을 어렵게 마련하고, 장편 소설을 탈고하기 위해 집을 떠나는 날이었습니다.

그날 오전, 자리에 누워 계시던 당신은 몹시 슬피 우셨습니다.

6개월 뒤 당신의 아들이 집으로 돌아온다고 계속 달랬지만, 오랫동안 울음을 멈추지 않았습니다.

아마 그날 당신은 이승에서 아들과 마지막 만남으로 예감했던 것 같습니다.

그리고 열흘쯤 지난 2000년 4월 3일 오전 10시 30분경 당신은 깨끗이 생을 마감했던 것입니다.

비록 임종 하루 전 찾아뵙기는 했습니다.

그러나 돌아가신 그날, 아들은 30분 차이로 끝내 당신의 임종을 지키지 못했습니다.

장례식날, 불효자식은 당신에 대한 회한이 너무 많았습니다.

발인을 얼마 앞둔 새벽녘, 당신의 영정 앞에서 결국 아들은 감정이 북받쳐 울며 절규했습니다.

"아버지, 제 아들로 다시 태어나세요. 아버지께 못다 한 효도를 다할 테니……."

물론 만일 한 여자를 만나 결혼하는 인생을 택했다면 당신과 닮은꼴 인생을 살았는지도 모릅니다.

당신이 허공으로 돌아가시고 나서 3년쯤 지나서였습니다.

그제야 비로소 당신의 아들은 자기 인생에 맞는 출가의 길을 떠날 수 있었습니다.

필근 형님
− 북녘 하늘에 떠우는 편지

지금 당신이 생존해 있는지
당신의 얼굴도, 이름도
형님인지 누님인지도 모릅니다
한국전쟁 당시 중공군의 인해전술에 밀려
유엔과 한국군이 함경도 땅에서 퇴각하던 무렵
1950년 12월 어느 날 당신은 엄동설한에 태어났을 것입
니다

이북 함경남도 홍원
피비린내 나는 동족상잔의 전쟁이 한창이던 그해
눈 내리던 겨울밤, 서른두 살 아버지는
홍원 송령 포구에서 황포돛배를 타고
혈혈단신 38선을 넘어 이남으로 잠시 피난 내려갔지요
당신의 출생을 불과 일주일쯤 앞두고
당신의 어머니와 누이들을 고향에 남겨둔 채
집을 나선 이후 젊은 아버지는 영영 소식이 끊어졌지요

이북에 남은 당신의 가족은 얼마나 힘든 삶을 이어 갔을
까요

홀로 된 당신의 어머니는 어린 자식들을 어떻게 키웠을
까요
　어쩌면 당신은 난리통에 전염병이나 영양실조에 걸려
　일찍 사망했는지도 모릅니다

　물론 나는 당신이 영유아기에 사망했다고 생각하지 않습
니다
　강건한 아버지의 핏줄을 이어받아
　병치레 없이 튼튼히 자라 어른이 되어서는
　당신의 어머니를 변함없이 언제나 든든히 지켜주는
　믿음직한 효자 아들이 되었으리라고 생각하지요
　아오지 탄광감인 월남 가족이다 보니
　이북 공산당으로부터 엄청 핍박받았겠지요
　"이 쫑간나 반동 새끼!", "이 반동 에미나이" 따위의 사나
운 욕설을 들으며 자랐을 테지요
　한창 감수성이 예민한 청소년기에 접어들면
　때론 아버지를 미워하고 증오한 적도 있었겠지만
　아마 아버지라는 존재는 평생 그리움의 대상이었을 테지요
　그래도 모진 수모와 굴욕의 세월을 꿋꿋이 견뎌내고

어른이 된 당신은 좋은 배우자를 만나 단란한 가정을 꾸렸을 테지요
우리의 아버지가 생전에 그토록 원하던 손주들도 두었으리라고 생각하지요

당신의 가족사에 대해 나는 아무것도 알지 못합니다
당신이 나의 가족사에 대해 알지 못하듯이
남북으로 갈라진 가족사에 대해 우리는 서로 아무 것도 알지 못합니다

여기 이남으로 피난 내려온 이후 아버지는 새 가정을 꾸렸지요
서울 토박이인 어머니와 재혼해 1남 4녀의 자녀를 두었지요
아버지는 생전에 이렇게 늘 말씀하곤 했지요
이남에서 딸 셋 다음으로 아들을 낳았듯이
이북에서도 딸 셋 다음으로 태중 아기가 아들일 듯싶다는데
신통방통 맞는지는 잘 알 수 없지만

아버지의 후사를 잇기를 바라는 간절한 소망을 보태어
나 또한 그렇게 믿고 싶습니다

이남에서 아버지의 삶은 몹시 불우했습니다
고향 친지 어른 대부분이 함경도 사람 특유의 억척스러
움으로
삶의 터전을 새로 일궈내고
의식주 걱정 없이 잘 살았지만
우리의 아버지는 늘 가난에 허덕이며 살아야 했지요
사십 대 초반 무렵만 해도 논산 화지 중앙시장 입구에서
군수품 장사하며 돈 걱정 없이 살던 시절도 없진 않았지요
논산 읍내에서 두세 곳뿐인 양화점을 운영하며 그럭저럭
괜찮게 살던 시절도 있었지요
그러나 사십 대에 문학이라는 이상한 병에 걸린 이후
아버지는 생업을 소홀히 하기 시작했지요
우리의 아버지는 틈만 나면 아무도 알아주지 않는 시를
열심히 쓰곤 했지요
이남에서 가까운 친척으로는 작은아버지와 당고모가 계
셨지만

강남의 대주택에서 살았던 그 고모는
가난한 무명 시인인 아버지를 홀대하며
왕래조차 하지 않았습니다

이남의 아우는 출가하여 중이 되었습니다
역마살이 심한 아버지의 피를 고스란히 이어받아서일까요
아우는 인문계 고교를 갓 졸업한 스무 살 나이에
국세청 세무공무원으로 공직사회에 첫발을 내디뎠습니다
그러나 이십 대에 '생사 문제'와 '어떻게 살아야 올바른
삶을 사느냐'는 문제로 인해
번민을 거듭한 끝에 첫 직장을 자진 사표 내야만 했지요
그 뒤로 아우는 해인사로 출가 직전, 마음을 바꿔 서울예
술대학 문예창작과에 입학해 소설가 지망생이 되었지요
졸업 이후 아우는 전공에 맞는 취업이 뜻대로 안 되어
서울지하철공사 공채에 합격해 정규직으로 입사했지요
그러나 아우는 속가에서 사회조직에 잘 맞춰 살아가는
현실 순응주의자가 아니었습니다
그 당시 강압적인 군대식 지하철 조직문화에 맞서다가
이번에도 안정된 그 직장을 또 박차고 나왔지요

그로 인해 오랜 세월 동안
부자간에 극심한 갈등을 겪어야 했지요
서로 반목하고 대립하며
원수처럼 지낸 적도 있었지요
그 뒤로 아우는 여러 번의 이직과 다양한 직업을 전전하며
나름대로 소설 창작을 애쓰던 중에
82세 고령인 아버지가 허공으로 돌아가신 뒤에야
비로소 부모 봉양의 짐을 덜게 되어
사십 대에 늦깎이 출가자의 길을 걸었습니다

얼마 전 경기도 남양주에 있는 홍원군 공원묘지에
잠들어 계신 아버지와 작은아버지의 유해를 화장했습니다
작은아버지는 용인에 있는 납골당으로 모셨고
아버지는 양지바르고 탁 트인 작은아버지의 옛 묘소로
옮겨 납골묘로 모셨습니다
그런데 한 가지 난감한 일이 생겼습니다
이북에 있는 자녀들의 이름을
새 비석에 새겨 넣어야 하는데
알다시피 이남으로 피난 내려올 당시 아버지는

태중 아기의 이름을 미처 짓지 못했습니다
며칠 지나면 태어날 당신이
아들인지 딸인지도 모르고
워낙 급박한 전시 상황이었기 때문이지요

이남의 아우는 차마 빈 공란으로 둘 수 없었지요
고심 끝에 '필근'이라는 태명을 지어
새 비석에 새겨넣었지요
반드시 '필' 자에 뿌리 '근' 자인 돌림자를 썼습니다
(내 이름은 현근이라 합니다. 어질 '현' 자에 뿌리 '근' 자입니다)
집안의 뿌리를 꼭 이어주기를 간절히 소망하며
성명학까지 동원해 공들여 지은 당신의 태명입니다
아우의 소망이 정말 현실로 이루어져
통일된 그날, 이북의 가족과 자손들이
아버지의 납골묘에 찾아와 제사 술을 올린다면
허공에 계시는 우리의 아버지도 분명 큰 기쁨을 느끼실
것입니다

당신의 얼굴도, 이름도 모르고

당신의 생사조차 모르지만
이제부터 아우는 필근 형님으로 부르겠습니다
어쩌면 형님이 아니라 누님인지도 모르지만
솔직히 말씀드린다면 당신이 누님이면 어떻고, 형님이면
어떻습니까
현대 사회에서 집안의 가계를 잇는다는 것은
예전만큼 그리 중요하지 않습니다
이남에서는 남아선호 사상이 사라진 지 오래되었습니다
신세대 청년들은 족보에 별로 관심을 두지 않습니다
부계 중심의 족보는 구닥다리 유물로 여기며
바야흐로 1인 가족 시대로 급격하게 바뀌어 가는 세상이
지요

게다가 남북 통일이 이루어지더라도
이제는 남북 이산가족 간의 중심축이 되는
이북 실향민 1세대 어른 대부분이 이미 세상을 떠나고 없
습니다
사회체제와 이념이 다르며
서로 살아온 세월도 다릅니다

가족간의 끈끈한 정과 사랑을 함께 나눈 적이 없는
낯선 이복형제 자매와의 만남을
원치 않는 남북 이산가족들이 훨씬 더 많을 테지요

필근 형님, 비록 어머니가 다르지만
그래도 우리는 아버지의 피를 나눈 형제로 꼭 만납시다
근현대사의 굴곡 속에서 일천만 남북 이산가족이
똑같은 비극을 겪었겠지만
분단으로 갈라진 우리 가족의 아픔과 상처를 함께 위로
하며
밤새워 형제간의 회포를 풀어봅시다

필근 형님을 만나뵙게 되면
아버지를 대신해 여쭤보고 싶은 게 너무 많습니다
1922년생인 당신의 어머니는 이미 오래전 세상을 떠났을
테지요
1943년생인 정자 큰 누님과 1945년생인 혜련 둘째 누님
은 지금 생존해 계시는지요
아버지는 생전에 이북 가족들에 대한 절절한 그리움을

마음속 깊숙이 늘 감췄지요

그 대신 명절날이면 "영삼아, 영삼아!" 목멘 목소리로 부르곤 했지요

아마 아버지는 막냇삼촌의 이름을 빌려

에둘러 이북 가족을 향한 그리움을 토해냈던 것 같습니다

구순이 다 된 막냇삼촌도 벌써 돌아가셨으리라 짐작됩니다

설마 한국전쟁 중 인민군 소년병으로 강제 징집되어

청춘의 꽃도 제대로 피우지 못한 채

막냇삼촌이 전사하지 않았기를 간절히 바랄 뿐입니다

아, 그리고 영빈 당숙 소식도 몹시 궁금합니다

1930년대에 열여섯 살 어린 나이에

러시아 국경으로 넘어간 뒤 소식이 끊어진 당숙 어른 말입니다

우리의 아버지는 아홉 살 때 헤어진 사촌 형님을 무척 그리워했습니다

아버지의 고향 홍원에 가면 꼭 들르고 싶은 곳이 있습니다.

광기 어린 폭정을 일삼던 조선 연산군 시대에

무오사화와 갑자사화에 휩쓸려 홍원으로 귀양 오신

청주 김씨 입북 시조님의 묘소에 참배하고 싶습니다

할아버지, 할머니 산소에도 찾아뵙고 싶습니다

이미 돌아가셨으리라 짐작되는 막냇삼촌의 묘소에도 넙죽 절을 올리고 싶습니다

일가친지가 함께 어울려 모여 사는 씨족 마을이므로

6촌, 8촌, 10촌 내외의 친인척들도

만날 수 있으리라 기대합니다

젊은 날 우리의 아버지가 뱃놀이하던 작도에도 가보고 싶습니다

이남으로 피난 내려갈 당시 이북 실향민 1세대 어른들이 황포 돛배를 타고 가족들과 생이별하던

한 맺힌 송령 포구에도 가보고 싶습니다

필근 형님, 우린 언제쯤 만날 수 있을까요

이젠 아우도 60대 중반의 중늙은이가 되었습니다

아우보다 아홉 살 위인 당신은 이북에서 과연 생존해 계시는지요

이북의 남녀 평균수명이 남 66.3세, 여 73.3세라는데

어쩌면 당신은 이미 이 세상 사람이 아닌지도 모릅니다

어느덧 분단된 지 70여 년 세월이 흘렀는데도
아직도 통일의 꿈은 요원합니다

설령 당장 통일이 이루어지지 않더라도
이남의 아우는 남북이 자유로이 왕래하는 날들이
돌아오기를 학수고대하고 있습니다
설날이나 추석 연휴만이라도
휴전선으로 갈라진 남북 이산가족이 함께 모여
합동 차례를 지낼 수만 있다면
이보다 더 기쁘고 좋은 날이 없을 것입니다

필근 형님, 언젠가 그런 날이 올 때까지
우리 꼭 살아서 만납시다
꼭, 꼭 살아서 만나 형제간의 회포를 풀어봅시다
꼭, 꼭, 꼭 살아서 만나 분단의 한과 아픔을 견뎌내며
서로 떨어져 살아온 긴 세월을 밤새워 이야기합시다

축하의 글

애도의 정념이 펼치는 비원과 희원의 시간

『한 잎의 유서』라는 책 제목 심상치 않다.

'이북 실향민 1세대 아버지와 2세대 아들의 시산문집'이라는 부제는 얼마나 또 유심한가.

고인이 된 아버지가 남긴 평생에 걸쳐 쓴 수십 편의 시를 이승의 외아들이 회억으로 한 편 한 편 따라가며 절절한 심정을 산문으로 붙인다. 고인 자신에 대한 이야기를 평전처럼 전하기도 하고, 고인과 얽힌 특별했던 일화들을 불러와 진심으로 열과 성을 다해 이야기한다. 편지 형식을 빌리기도 하고, 충실한 시 감상문 형식으로도 써나간다.

남의 가족사 숨겨진 사정 훔쳐보는 호기심에 더해 그 내용의 아픔이 상당하다. 더욱이 이 시산문집을 쓰고 엮는 이가 스님(지은이의 현재를 밝히는 것이 나의 이 글쓰기에 수월할 것 같아 아는 척해야겠다)이시니, 그 또한 특별한 관심과 감정을 돋게 한다.

수년 전 설악산 한 암자에서 오늘 이 『한 잎의 유서』의 지은이가 될 스님과 처음 이야기를 나눈 적 있다. 함경도 실향민의 2세로서 이산가족의 질곡과 소외를 같이 가지고 있다는 공통의 심경을 잠시 나눴다. 그리고 이후 나의 졸시집

『세워진 사람』의 맨 마지막에 놓인 긴 시 「윤희 언니」를 잘 보았다고 두어 번 말 전해오셨다.

북쪽의 얼굴도 생사도 모르는 배다른 윤희 언니에 대해 오십이 넘어 처음으로 쓴 시였다. 그 시 윤희 언니를 읽은 어떤 여진이 있었기 때문이셨을까. 『한 잎의 유서』를 닫는 맨 마지막 글로 북쪽의 모르는 '필근 형님'을 기어이 불러 남으로 내려오게 하시었으니. 그러니까 남쪽의 이 책 『한 잎의 유서』 맨 나중 자리에 소중히 정히 모시었으니.

북쪽 태중의 필근 형님이 이 세상에 태어나셨을지, 그예 세상 빛 못 보고 수중고혼 되셨을지, 또 태어나셨으면 어떤 이름을 가지셨을지(지은이는 뿌리 근 자 항렬에 맞춰 형님의 태명을 '필근'이라 지어놓고, 필근 형님이라 부르고 있다. 아버지 납골 묘석에 태중 아기 당신의 이름을 꼭 새겨 올리고 싶은 원(願) 있기 때문이다), 그 어느 하나도 깜깜 모른 채 필근 형님을 그리며 북녘 하늘 향해 띄우는 편지.

그렇게 지은이는 이 『한 잎의 유서』 속 아버지와 자신 가운데로 필근 형님을 기어코 탄생시키셨다. 필근 형님이란 우리 민족의 비원과 희원을 육친성으로 대신 나타내 보인 다른 이름이라는 것을 모를 순 없다. 태중의 그 아기가 '필근 누님'이 되었대도 마찬가지로 모를 순 없는 일.

분단과 이산이라는 민족의 큰 상처에 뒤따른 민초 개인의 신난고초를 지은이는 비원으로 위무하고 희원으로 새긴다. 지은이는 실향민 1세대 육친에 대한 이해와 애증 그나마의 작은 공감, 연민은 현시대 전방위적 급변의 세계를 살아내는 3, 4세대로 넘어간다면 더는 가능치 않다고 보았다. 하여 2세대인 외아들의 의무와 소명으로 진심 받아들여 『한 잎의 유서』를 열과 성을 다해 엮어낸다. 이 추념의 일은 하도 특별해 숙연하기도 하다.

　고인이 된 아버지와 머잖아 고인이 되고 말 아들, 이 두 부자가 시 한 편씩을 넘기며 주고받는 한 페이지 한 페이지에는 개인사를 넘어 지워지지 않는 민족 대파괴의 아픈 역사가 있다. 70년 세월을 훌쩍 넘는 현재까지도 계속되는 속울음이다. 그 속울음이 무명시인 아버지의 단순 소박한 표현을 입은 시들로 나타나고 있는데, 그 단순 소박함에 오히려 서글픔과 슬픔이 배어난다. 평생을 눈에 선해도 죽어도 고향에 다시 돌아갈 수 없다. 죽어도 헤어진 젊디젊은 아내와 어린 두 딸을 다시 만날 수 없다. 죽어도 그리운 옛 동무와 다시 웃을 수 없다.

　실향민 1세대 가신 아버지의 침묵이여. 오랜 시간 아버지와 불화했고 불효했던 지은이의 늦은 효심의 애통함. 또 모든 생명은 필히 소멸하고 만다는 생명 세계에 대한 자비심. 이런 겹마음의 사랑으로 아버지의 홀로사랑이었던 시 쓰기로 태어나 남겨진 수십 편 시들에 소슬한 집 한 채 지어 드리고 싶은 아들 된 자의 마음. 비로소 후세상의 한 모서리에서라도 서글프고 누구도 괴롭힌 적 없었던 삶의 이 맑고 선한 시편들이 한 잎 조그마한 숨 누리길 바라는 마음.

『한 잎의 유서』는 지상의 아들 된 지은이의 아버지에 대한 애도의 정념 때문에 시작됐고 이루어졌다. 더하여 지은이의 목숨 탄 존재에 대한 큰 슬픔(자비) 때문으로써도 이루어졌다고 생각한다. 오랫동안 문학 지망생, 소설가 지망생이었던 청년이 전회(轉回)하여 스님이 됐음에 더욱 그렇다고 생각한다. 그 전회가 바로 문학, 그 작품 자체가 되는 일이 아니겠느냐고 극히 개인적 소견을 내어본다.

이 한 권 책『한 잎의 유서』는 아버지의 유서이며, 지은이의 미리 쓰는 유서인지도 모른다. 지은이도 생명 소멸 법칙에 따라 머잖아 소멸의 길을 따를밖에 없는 존재. 이 자명함에게『한 잎의 유서』를 미리 써 답하는 것 아니겠는가.

고인의 남과 북 가족사의 앞뒤를 회억으로 기억으로 복원, 다시 추체험하며 글로 남기는『한 잎의 유서』는 참으로 색다르게 씌어진 사부가(思父歌)이다. 진혼가이며 초혼가이고 애도가이다. 또 소망의 노래다. 인연된 삶의 속울음과 회한이 사랑으로 소용돌이친 시간의 기록이다. 고인의 영혼도 지은이의 영혼도 부자지간의 인연을 넘어 더 큰 자유로 비상하고픈 비원이다.

이제 인생 후반에 들어선 실향민 2세대 외아들이 지상에서 사라지고 말면 고인의 한 서린 생 속에 오직 하나 욕심내 껴안은 평생의 시 쓰기. 시「들국화」속의 '향수의 들국화' '사색의 들국화' 같은, 또 시「화심(花心)」속의 '피난살이 순돌이' 같은 속울음의 맑고 소박한 수십 시편들은 어떻게 되나.

모두의 무관심 속에 가는 곳 모르게 흩어진다면 평생 무명시인이었던 고인과 고인에게서 태어난 수십 시편들을 너무너무 외롭게 하는 일. 아들은 고인의 무명 서정 시편들을 꿈속의 일로만 버려두고 싶지 않아 책이라는 물성으로 남기려 한다.

도대체 칠십이 넘도록 절대적으로 어려운 생업 속에서도 시 쓰기를 놓지 않으셨던 고인. 문학 지망생이던 청년시절부터 외롭게 홀로 끝까지 쓰셨다. 남기고 간 그 시편들에 역시 문학 지망생이었지만, 스님이 되고 만 외아들이 고인의 하나하나의 시편마다 내력과 감상과 평까지 곁들인 산문을 붙인 것이 이 『한 잎의 유서』.

고인의 시심은 맑고 소박하고 순하고 선하고 서정적이다. 왜곡과 난해함이란 없다. 희롱도 없다. 이미 바깥 힘에 의한 동족상잔, 조국강산의 미친 대파괴, 불의의 가족 이산과 실향과 타향살이로 평생 헐벗어야 했던 가난과 노동, 그 모든 것들이 이미 지독한 왜곡과 지독한 난해, 희롱이었음으로. 상처와 고독의 가슴에 품어 안은 시마저 그래서는 안 되는 거였다.

시에서는 여리고 포근하고 조용하고 종종 낭만의 미소 띠어야 살 힘을 얻었을 것이다. 그렇게 따뜻한 눈물이 돌아야 다음 살 시간을 벌었을 것이다. 시는 두렵고 불안한 파괴의 존재여서는 안 되는 거였다. 고향 잃고 청춘 사라지고 덧없이 늙어가는 '피난살이 순돌이' 같은 당신의 마음을 「화심(花心)」의 생기생동으로 또 미풍의 모정처럼 감싸주어야 하는 거였다. 고인의 시는 고인에게 그 역할을 끝까지 맡아 해주었던 고마운 내 편이었던 거다.

고인의 가편(佳篇) 「들국화」를 같이 보고 싶다. 어떤 시편보다도 말갛게 순화된 바로 자신의 숨을 그대로 흘러가게 하여 읽는 이의 마음에 번지게 한다. 아래에 그 일부분을 옮긴다.

'단풍 지는 산자락 풀밭에 핀/향수의 들국화야/……/파아란 가을 하늘 쳐다보느냐/……/사색의 들국화야/백화족속 아랑곳없이/늦가을/……/너 혼자 외로이 피고 지는/소박한 생태/그리 고상하느냐'

또 「동산마을」, 「비둘기의 비명」 같은 시와 산문은 특별히 이채롭다. 이북에서 피난 내려와 정착했던 논산에서 가족 이끌고 무작정 상경 이후, 인생 후반기의 서울 산동네 생활과 용산 청과시장 노상에서의 생업 현장을 겪으며, 서울 살이에 허덕이는 이웃과 자신에 대한 응시와 비애가 서려 있다. 실향민 1세대로 칠십 성상을 고되게 걸으며 늙어온 어둑신한 한 노인의 실루엣이 오래 눈앞에 떠 있다.

이제 고인의 늙어가는 아들이 고인의 시를 사랑한다.

고인의 시 말미에 어김없이 기록된 연도와 날짜, 계절과 장소, 지명을 하나의 빛나는 시구로 또 시어로 소중히 짚으며 살펴 읽는다. 책이 세상에 나오기까지는 유일한 최애 독자일 수밖에 없는 아들, 지은이는 당신 가신 이후 당신 시의 집을 꼭 지어 드릴 것을 스스로의 비원으로 삼았다. 드디어 그 시의 집을 지어 드린다. 시의 집 방마다 오래 묵혀 두었던 이야기를 튼튼한 기둥으로 하나하나 만들어 세워 비로소 당신의 꿈을 출세(出世)시킨다.

이산가족 일천만이라 한다. 이산 2세대까지 합치면 얼마만큼의 숫자가 될까.

2세대 그 많은 사람들 중에 돌아가신 1세대를 추념하는 일로 이토록이나 진심인 후손이 또 있을까. 모르는 대로 아주 희소한 경우 같다. 이는 지은이가 매우 예외적 인성의 소유자라는 것을 알게 해준다. 지은이가 남기는 기록은 그 아버지와 자신만을 위한 기록은 아닐 것이다. 이산의 직접 상처를 입은 사람들만이 아닌 우리 민족 공동의 상처를 다시 돌아보게 해주는 일도 된다.

하여 공동의 염원을 기억케 해준다. 지은이가 작가의 꿈을 접고, 불제자의 길로 전회한 그 심중에는 이 같은 뜻도 같이 품었을 거라 짐작해본다. 세상 목숨 탄 것들이 겪는 괴로움과 슬픔을 위무하고 기도하는 자비원력의 길을 살자 했을 거라 짐작해본다.

하여튼 세계 정치 사정들의 험난함에도 불구하고 우리 남과 북이 서로 왕래할 수 있기를 기원한다. 글로든 말로든 거듭거듭 표현해야 기운이 모이겠지 싶은 마음으로 거듭 기원한다.

지은이에게 부디 아버지의 고향땅 함경남도 홍원을 가볼 날이 있게 되기를 기원한다. 거짓말처럼 기적처럼 생전에 필근 형님을 만나게 되기를 기원한다.

그리고 『한 잎의 유서』의 주인공, 시인 아버지께서는 보이지 않는 새 몸을 입으신 지 벌써 20여 년. 이미 수천 수만 번 고향땅 날고 날아다니셨으리.

이제 스님 아들이 내내 올려드리는 기도 독경소리 베시며 안식의 단잠 이루시길 기원한다. 너무 낮은 첫시집이면서 유고 시집, 유일 시집인 『한 잎의 유서』 출세(出世)를 깊이 축하드린다.

– 이진명(시인)

반딧불이의 노래

무수한 겹겹의 세상 인연들이 시작도 끝도 없는 시공간 속에서 찰나찰나 생멸 변화의 흐름을 이어간다고 합니다.

무상하고 무아인 존재로서 지나간 과거에 집착하거나 오지 않은 미래를 염려하지 말고, 다만 지금 주어진 이 순간을 충실하게 살라고 불교 경전은 일러줍니다.

이러한 붓다의 가르침을 따르고자 나름 애써보지만, 마음 그릇이 작은 탓에 갈팡질팡할 때가 많습니다.

겨울 문턱을 넘어선 나이인데도 일상의 희로애락에 일희일비하면서 잡동사니 번민으로 허우적거리기 일쑤입니다.

근현대사의 격랑 한복판을 헤쳐온 분들은 어땠을까요. 그냥저냥 살아온 저에 비하자면 앞서간 그분들이 감당해낸 역경의 무게는 가늠하기조차 어렵습니다.

설봉 김영배 님의 생애 또한 예외가 아닙니다.

1919년 3월 1일 함경남도 홍원에서 태어나 2000년 봄 서울에서 돌아가시기까지의 세월은 고단한 유랑이자, 힘겨운 인고의 시간이었습니다.

아시다시피 일제강점기를 거쳐 잇따라 벌어진 남북분단과 내전은 이 땅 모든 이의 삶을 억압하고 파괴했습니다.

부모와 처자식, 형제자매와 친구들을 고향에 남겨둔 채

빈손으로 월남하신 아버님은 영원한 실향의 상처를 하나 더 입고 말았습니다.

아버님은 좌우의 이념 대립과 분단 체제의 희생양으로 전락한 것입니다.

"역사가 우리를 망쳐 놨지만, 그래도 상관없다."

소설 『파친코』의 첫 구절입니다.

어떤 상황을 맞닥뜨리더라도 반드시 극복하리라는 용기와 의지, 불굴의 정신이 함축적으로 펄럭이는 이 한 줄의 문장에 가슴이 얼마나 뜨거워지던지요.

그럼에도 냉엄한 현실에서의 양상은 어떨까 헤아려봅니다.

저마다 여건이나 관점, 역량이나 선택이 상이한 만큼 개별적 대응이 다른 건 당연한 일이겠지요.

아버님이 남기신 작품을 통해 삶의 발자취를 되짚어 따라가 봅니다.

이 시산문집은 23편의 시와 4편의 수필, 이들 유작에 대한 소감과 아울러 아버님의 생애 및 가족사를 정리 기술한 아드님의 글로 이루어져 있습니다.

작품집에는 망향의 노래들이 가장 많습니다.

'어느덧 청춘이 사라지고/고향 잃은 채 덧없이 늙어가고 있다'

(「화심」 중에서)

'해묵은 응어리를 꽁꽁 묶어 실려 보내자/지친 향수도……'

(「황혼의 기적 소리」 중에서)

'그리워하다 밤이 오면/꿈에라도 보이려나'

(「타향의 추석」 중에서)

언제든지 내키면 고향을 찾아가고 마음대로 그리운 피붙이들을 만나볼 수 있는 기본적인 자유와 권리를 통째로 박탈당한 사람들의 비통한 심정을 누가 무엇으로 위로할 수 있을까요.

참으로 어리석고 잔혹한 역사의 만행이 아닐 수 없습니다.

게다가 민족의 공동 번영과 한반도 평화를 위한 통일의 길은 갈수록 까마득히 멀어져 가고 있습니다.

망향가들 사이로 피난살이의 고달픈 사연을 담아낸 시가 있고, 가난한 살림을 꾸려가면서 미래의 희망을 다짐하는 시도 눈에 띕니다.

더러는 목가적인 전원시가 펼쳐집니다. 어느 시는 쓰라리고 애절한 속내에 젖어 들고, 어느 시는 삶의 지속을 포기하지 않으려는 다짐을 내비칩니다.

형식적인 기교를 부리거나 내용이 모호한 작품은 없습니다.

아버님이 보고 듣고 겪고 생각한 것들을 에두르지 않고 진솔하게 표현하고 있습니다.

진한 피와 땀과 눈물로 얼룩져 있을 근현대사의 한 생애가 꾸밈없는 시어로 숨 쉬고 있는 것입니다.

뙤약볕 아래 수수하게 피어 있는 목화 꽃을, 먼 데서 들리는 하모니카 소리를 연상시킵니다.

40여 년 전 아드님을 따라 용산시장에서 아버님을 한 번 뵌 적이 있습니다.

리어커 좌판에 헌 옷가지를 쌓아놓고 파시던 아버님은 작은 키에 몸집이 다부지셨고 목소리가 부드러웠습니다.

제 기억으론 차돌 같은 분이었는데, 아무것도 의지할 게 없는 타향에서 1남 4녀의 식솔을 거느리는 노고가 여간 만만치 않았을 것입니다.

대부분 사람이 가난에서 벗어나기가 어려운 시절이기도 했습니다.

그동안 무명시인의 작품에 관심을 기울인 사람은 몇이나 될까요. 아마 드물 듯싶습니다.

아버님은 왜 주위에서 알아주지도 않고, 돈벌이나 실용성과도 거리가 먼 문학에 힘을 쏟으셨을까요.

여러 연유가 있을 테지만, 어렴풋이 짐작해봅니다.

아마도 시를 통해 참담하고 남루한 현실 대신 꿈과 희망이 싹트는 내밀한 해방구를 세우려고 하신 건 아닐까.

스스로의 존엄과 삶의 가치가 꽃피는 마음의 고향을 향하여 외로이 분투하신 건 아닐까.

거친 인생선(人生線)에

해가 저물면

내 그림자 쓸어안고

생의 종점을 맞이하는 그날

마지막 절정에서

짙은 노을을 바라보리라

생은 밤하늘을 날아다니는 반딧불처럼
어두운 시공을 헤매는 미광(微光)이거늘
정녕 나는 무엇을 찾아 어디로 가는가?

(「황야의 고객」 중에서)

- 강성도(뜨란 출판사 대표)

들판에 외로이 피고 지는 들국화처럼

만남

스무 살 때 그를 처음 만났습니다. 시국이 어수선하여 모든 대학에 휴교령이 내려지던 1980년 봄이었습니다.

그는 문예창작을 전공하는 같은 과 동기생이었습니다. 시 한 구절에 감탄하고, 소설 한 편에 가슴을 쥐어뜯던 풋풋한 시절이었습니다.

다른 동기생들처럼 그도 독한 마음으로 마음속 응어리를 문학으로 풀어내고자 했습니다.

소설을 쓰기 위해 지독하게 노력하던 모습이 지금도 아련히 남아있습니다.

덥수룩한 곱슬머리에 순박한 눈동자. 내 기억에 남아 있는 스무 살 시절의 그의 모습입니다.

기대감

졸업 후, 문창과 동기들 모임에서 가끔 그를 보았지만, 그는 여전히 내 관심에서 벗어나 있었습니다.

그는 학창시절과 변한 것이 거의 없었습니다. 덥수룩한 곱슬머리도 그대로였고, 순박하게 눈동자를 끔벅거리는 것도 여전했습니다.

말을 하지는 않았지만, 그의 표정과 몸짓에서 쉽지 않은 삶을 살고 있다는 것을 느낄 수 있었습니다.

나는 그에게서 문단을 뒤흔들 문제작을 기대했지만, 그는 아직 습작 중이라는 말을 하며 쓸쓸하게 웃었습니다.

열정

평범한 동기생에 불과했던 그가 내 마음속에 들어온 것은 졸업하고 20년 가까운 세월이 지난 후였습니다.

그는 여전히 문학에 대한 뜨거운 열정을 지니고 있었고, 나는 사그라지지 않는 그 열정에 감탄할 수밖에 없었습니다.

그의 성실한 열정은, 밥 먹고 살아야 한다는 핑계로 문학을 멀리했던 나 자신을 일깨우는 계기가 되었습니다.

친구 덕분에 문학을 곁에 두게 된 나는 두 편의 장편소설을 발간하며 젊은 날의 열정을 되살릴 수 있었습니다.

아버지와 아들

친구가 아버지의 시문집을 발간하고 싶다는 말을 했을 때 피식 웃고 말았습니다.

세상을 떠나신 지 20년이 훌쩍 넘었고, 문학적 성과를 이루지 못한 무명시인의 작품을 굳이 책으로 펴낼 이유가 없다고 생각했기 때문입니다.

하지만 그것은 어디까지나 내 생각이었고, 효성이 지극한 친구의 생각은 달랐습니다.

아픈 가족사를 기록으로 남겨두고 싶어 했습니다.

먹먹함

이북 실향민 아버지와 아들 스님의 시산문집을 읽고 나서 가슴이 먹먹해지고 말았습니다.

그제야 시산문집을 펴내려 하는 친구의 마음을 충분히 이해할 수 있었습니다.

시산문집에는 거친 현대사의 풍랑 속에 표류하는 개인과 가족의 아픔이 고스란히 녹아 있었습니다.

한국전쟁에 이은 남북분단의 아픔을 이북 실향민들은 온몸으로 견뎌야 했습니다.

그들의 고단한 삶은 개인뿐만이 아닌, 우리 민족 전체의 슬픔이라는 것을 다시 느낄 수 있었습니다.

오가지도 못하는 고향 산길에는
한 서린 눈물이
백설이 되어 수북이 쌓였겠구나

다시 만날 그날까지
늙어 죽더라도
나는 기다리겠다

(「애상(哀想)의 밤」 중에서)

갈 수 없는 북녘 고향과 헤어진 막냇동생을 향한 그리움이 절절히 녹아 있는 구절입니다.

얼마나 막냇동생이 보고 싶었으면 한(恨) 없이, 눈물 없이 마냥 기다리겠다고 했을까요.

저는 먹먹함 속에서 한동안 헤어나지 못했습니다.

쓸쓸함 그리고 그리움

문득 오래된 친구가 보고 싶습니다.

지금 친구는 부처님에 귀의하여 설악산 오세암에 머물고 있습니다.

친구의 마음속에 자리 잡은 그리움과 외로움을 조금이라도 나누고 싶습니다.

북녘 고향을 잊지 못하는 이북 실향민 아버지를 바라볼 수밖에 없었던 안타까움과 쓸쓸함은 결코 가벼운 것이 아닐 것입니다.

스님 친구와 마주 앉아 차 한 잔 마시며, 그 무거움을 조금이라도 덜어주고 싶습니다.

– 양건식(작가)

'아버지'가 '아버지'에게

여기에 실린 시와 수필, 헌사는 문학작품이라기보다 리얼리티다. 돌아가신 최인훈 선생의 역작 『광장』의 '이명준'을 떠올리게 하는 실존적 이야기이자 회고록이다.

풀어가는 방식도 비슷하다. 광장의 시간은 타고르 호에서의 이틀 외에는 전부 이명준의 회상으로 점철되어 있다.

이 이야기 또한 아버지의 유작을 발견한 이후의 화두로부터 비롯된 그리움과 죄스러움에 대한 헌사에 다름 아니다.

'아들'은 초로의 늦깎이 스님이다.

누군가의 아버지 할아버지가 된 범인(凡人)들, 자식 간수와 손주 재롱에 여념이 없는 속세의 친구들은 불자(佛子)로서의 그의 삶과 철학, 속가슴에 간직된 회한, 그 과정에서 켜켜이 쌓인 그리움의 폭과 너비를 다 가늠하기 어렵다.

사실, 우리는 우리의 아버지, 할아버지의 삶도 잘 헤아리지 못한다. 살아보지 못한 시간이고, 겪어보지 못한 공간이다.

SNS를 통해 실시간으로 지구 반대편 친구들과 실시간으로 소통하는 시대에도 시간과 공간의 차이는 여전히 넘사벽이다.

간혹 이해하려고 발버둥쳐 보기도 하지만, 언감생심이고, 새 발의 피다.

기껏해야 역사책에서 읽었던 상식적이고, 상투적인 겉핥기 이야기나 한참 전에 봤던 영화와 드라마 장면이 떠오를 뿐이다.

게다가 환란시대의 삶 아닌가. 직접 당해 보지 않고는 절대로 이해할 수 없는 것이 시대적 삶이고, 이데올로기이고, 노동이다.

일제의 식민지배 야욕이 더욱 노골화되던 3·1운동 때 태어나신 분, 그 비통하고 참담한 시간을 견뎌내고도 다시 민족상잔의 밀물과 썰물을 정면으로 맞이해야 했던 분이다.

실향의 아픔과 그리움을 딛고 폐허 속에서 다시 곡괭이를 들고 삶을 꾸려야 했던 소설 『광장』의 주인공 '이명준' 세대의 속사정을 우리 전후 베이비붐 세대의 막내들이 어떻게 다 이해할 수 있으랴.

나는 스님 친구의 '아버지'를 뵌 적이 없다. 다만, 여기에 실린 시를 통해, 또 짧고 간결하고 단출해서 오히려 먹먹한 몇 편의 수필을 통해 한 아들의 아버지, 우리 모두의 아버지를 떠올려볼 뿐이다.

잠시라도 아버지에 대한 기억을 소환하고, 조금이라도 더 아버지를 이해하려고 해볼 뿐이다.

내 아버지는 올해 88세다. 강건하셨던 분인데, 80세 되던

해 20여 년 종사했던 분당의 모 빌딩 관리소장직을 내려놓은 직후 우울증에 빠졌고, 급기야 치매 판정을 받았다.

몸소 온돌장치를 한 스타렉스 밴을 타고 산과 강과 호수를 넘나들던 분이었다. 6·25 때는 동생들을 건사하며 피난을 떠나던 중학생이었고, '재수가 좋아' 카투사에 잠시 복무한 코리안 솔저였고, 그게 인연이 되어 독일 광부로 나가 4년간 최고로 손꼽히는 외화벌이를 하신 분이었다.

전기가 막 들어오던 시절, 아버지가 보내온 돈으로 앞들에서 최고라는 금통 논 열 마지기를 사들인 우리 집은 일약 동네 부잣집으로 등극했다.

또 크고 튼튼한 독일제 라디오와 라이카 카메라, 슬라이드 플레이어 등 놀랍고 신기방통한 선진물물 덕에 나는 친구들이 부러워하는 '도련님' 반열에 올랐다.

그 대가는 컸다. 초등학교에 들어가기 직전 여름, 좁은 시골길에 흙먼지를 일으키며 달려온 대절 택시 한 대와 거기에서 내린 큰 키의 '양복쟁이' 앞에서 말라비틀어진 체구에 꼬질꼬질한 민소매에 반바지 차림이었던 촌놈은 한없이 주눅이 들어야 했다.

어머니 성화에 '아버지이~' 모기소리로 다가가긴 했으나 불살이 따가웠다. 게다가 그 낯선 양복쟁이의 품에서는 여태까지 맡아보지 못했던 포마드 냄새가 진동했다.

그때 이후로 아버지는 늘 거북하고 무서운 존재였다. 어머니에게 큰소리를 칠 때는 오금이 저렸고, 간혹 숙취에 시달리며 신음을 연발할 때는 두려움에 떨기도 했다.

그런 아버지가 많이 아프시다. 잦은 진료와 약물로 버티고 있지만, 언제 삶의 끈을 놓을지 모르는 지경에 놓였다.

요즘 들어 부쩍 고향엔 언제 가나, 아이들이 보고 싶다, 왜 안 오나······.

꺼이꺼이 우시곤 한단다.

이북 실향민 아버지의 시를 보며, 산문을 읽으며, 아들의 헌사를 접하며, 나는 내 아버지를 떠올렸다.

이명준을 떠올렸고, 일본군 강제위안부와 강제징용 희생자들을 떠올렸다.

일제 감점과 민족 상흔의 틈바구니에서 가족을 잃거나 생이별을 한 채 울분을 터트리고 피를 토하며 꾸역꾸역 살아내야 했던 수많은 아버지, 어머니들을 떠올렸다.

거기에는 우리 모두의 아버지들에 대한 미안함과 고마움, 그리움이 고스란히 담겨 있다.

리얼리티란, 진정성이 담긴 글이란 그런 것이다. 그 자체가 삶이고, 역사이다. 과거와 현재를 잇는 고리이자 통로이다.

먹고 사느라 잠시 잊었을지언정 결코 놓을 수 없는 인연의 끈을 되살리고, 피를 돌게 하고 유전자를 일깨우는 공감대다.

그런 면에서 보자면 아버지를 추억할 수 있고 기릴 수 있는, 선명하고 확실한 소재와 과제를 동시에 안고 있는 아들은 행운아다.

　우리 모두에게 시간여행의 기회를 준 분이고, 반성과 성찰의 기회를 준 은인이다.

　그런 아들을 세상에 남긴 아버지는 행복한 사람이다.

　어차피 아이나 어른이나 노인이나 살아보지 못한 시간을 산다.

　이제 우리는 이런 과거의 시공에서 벗어나 미래에 대해, 진보에 대해 이야기하고, 고민해야 한다.

　그것이 아버지가, 아들이 진정으로 원하는 목적지일 것이다. 먼저 산 분들에 대한 예의이고, 살아 있는 자들의 도리일 것이다.

– 지영구(월간 커피앤티 대표)

우리가 지나온 시대의 또다른 기록

아날로그시대와 디지털시대의 가장 큰 차이는 속도다.

시간의 속도, 공간의 속도, 변화의 속도가 다른 것이다.

우리는 지금 그 속도의 시대에 살고 있다.

불과 30여 년 전까지만 해도 상상하지 못했던 일들이 인터넷이 출현하면서 공간의 제약을 없앴고, 핸드폰이 발전하면서 시간의 흐름마저 빠르게 변화시켰다.

문명이 변하고 문화가 변한 것이다.

이렇듯 시대가 변하고 세대가 바뀌면서 사라지거나 잊혀지는 것이 점점 더 많아진다.

역사도 그중 하나다.

역사는 기록이다. 역사는 이야기다.

그래서 역사가 담겨 있는 이야기를 서사적(敍事的)이라고 표현한다.

서(敍)가 펼친다는 뜻이기 때문이다.

여기 또 하나의 서(敍)가 있다.

『한 잎의 유서』라는 제목의 시산문집(詩散文集)이다.

지은이는 설봉과 무연으로, 그들은 이북 실향민 1세대 아버지와 2세대 아들이다.

22여 년 전 고인이 된 아버지의 미발표 시와 수필을, 아들이 작품 해설을 붙여 만든 책이다.

한때 연극, 영화, 소설에서 아버지의 삶과 부성애를 그린 작품이 관심을 받은 적이 있었다.

아서 밀러의 『세일즈맨의 죽음』, 유진 오닐의 『밤으로의 긴 여로』, 강대진 감독, 임희재 각본의 『마부』, 임철우의 『아버지의 땅』, 김정현의 『아버지』 같은 작품이 그것이다.

이들 작품 중 특히 유진 오닐의 『밤으로의 긴 여로』는 작가의 자전적 이야기를 다룬 작품으로, 유진 오닐이 작품을 탈고하면서 아내에게 자신의 사후 25년 동안은 발표하지도 무대에 올려서도 안 된다고 유언할 만큼 작가에게는 사적이면서 고통스런 작품이었다. 그만큼 이 작품에는 작가 가족의 허물이, 애증으로 켜켜이 쌓인 가족관계가 사실적으로 그려져 있다.

누구나 마음에 묻어둔 과거의 상처를 다시 떠올리는 것은 괴로운 일이다.

더욱이 자기에게 큰 아픔을 주었고, 서로에게 생채기를 내던 가족의 모습을 기억하고, 평생을 마음에서 녹아내리지 않는 쇳덩이처럼 남아 있는 상처를 헤집어 들여다보며 기록으로 남기는 과정은 고통스런 시간이다.

문학적 재능을 지녔지만 전쟁으로 고향에 가족을 남겨두고 피난 나온 실향민이 되어 삶의 현실에 쫓기듯 살며 그것

을 채 피어내지 못하고 스러진 아버지, 그리고 그런 경제적
어려움에 지쳐 평생 아버지를 원망했을 어머니, 어려서부
터 그런 모습을 보고 자란 나와 누이들……

이런 시각에서 보면 설봉과 무연의 시산문집『한 잎의 유
서』는 연극적이고 영화적이며 소설적이다.

1997년 IMF 외환위기 이후, 한국 사회에서는 명예퇴직
과 경제적 무능으로 '흔들리는 아버지', '고개 숙인 아버지',
'무기력한 아버지'의 모습이 자주 등장했다.

하물며 이와는 비교조차 할 수 없는 20세기 이후 격랑의
한국 역사에서 끊임없이 이어진 민초(民草)의 삶이 대부분
그러하듯, 전쟁과 피란, 산업화, 시대변화에서 뒤처지면서
위장의 배고픔은 달랬을지언정, 마음의 공허함은 어쩌지
못하고 더 깊어진 심연(深淵)에 빠져들었을 것이다.

어느덧 시간은 흘러 21세기 시작도 꽤 된 2025년이다.

전쟁의 포성이 멈춘 지 70년이 넘었지만, 여전히 우리는
휴전상황에 놓여있다. 전쟁을 직접 체험한 우리의 아버지
와 할아버지 세대 대부분은 고인이 되었다.

그러나 여전히 아버지는, 아버지라는 고유명사는 세대를
불문하고 고독한 남성으로 묘사되고 있다.

시산문집『한 잎의 유서』의 저자는 무연의 아버지다. 하
지만 그 아버지가 살아온 동시대의 아버지들이 우리 모두
의 아버지와 할아버지라는 점에서, 이 책은 개인의 삶의 흔
적을 떠나 우리가 지나온 시대의 또 다른 기록이다.

생종하처래(生從何處來) / 삶은 어디서 오며

사향하처거(死向何處去) / 죽음은 어디로 가는가

생야일편부운기(生也一片浮雲起) / 삶은 한 조각구름이 일어남이요

사야일편부운멸(死也一片浮雲滅) / 죽음은 한 조각구름이 사라지는 것이다

부운자체본무실(浮雲自體本無實) / 뜬구름 자체가 본래 실체가 없으니

생사거래역여연(生死去來亦如然) / 삶과 죽음이 오고 감이 또한 이와 같으니라

(「생사 문제」라는 화두 중에서)

– 지호원(극작가)

234

문학서가 아닌 색다른 역사책

1.

아들이 부친의 시·산문 유고를 함께 엮어낸 책은 아마 국내 최초가 아닐까 싶다. 그래서 보기 드문 저작일 수밖에 없다.

나는 이 책의 원고를 처음 읽으면서 깜짝 놀란 곳이 한두 군데가 아니다.

우선 1986년 1월 용산시장 굴다리 부근 노상에서 쓴 「비둘기의 비명(非命)」이 그렇다. 내 첫 장편소설 『콩밭을 지키는 우울한 마차』의 한 대목과 비슷한 비둘기 사냥 장면이 똑같은 데 놀랐다. 조금 다른 것이 있다면 내 소설 속 주인공은 배고파 비둘기를 잡아먹지만, 당신의 수필 속 젊은 사내는 술안주로 잡는 게 다르다.

아무튼 우연의 일치치고는 재미있다. 그러면서도 안타까운 것은 아들이 문학도로 대학을 졸업한 그때, 공교롭게도 당신마저 시와 수필을 썼다는 사실이다.

아들을 통해 각성하신 것일까?

게다가 당신은 신춘문예에 응모했다가 낙선한 경험도 있다. 실력도 중요하나 운이 따라야 하는 그 운명적인 도전에 실패한 아픔을 그 누가 알까.

물론 해마다 신문사에서 연례 행사로 치르는 신춘문예에 당선되는 일은 '낙타가 바늘구멍 뚫기'란 말이 있을 만큼 어렵다. 그래도 문학도라면 그런 엄청난 난관을 알고도 도전하면서 좌절을 맛본다. 참 기이한 현상이다.

'그날 당신은 아홉 살 꼬마 아들과 일곱 살 막내딸을 방안으로 불러모아놓고 "이 시가 신춘문예에 당선되면 너희들이 좋아하는 고기와 쌀밥을 실컷 먹을 수 있고, 아버지는 취직이 된다. 이번엔 당선이 틀림없다"며 호언장담하고 활짝 웃음을 지어 보였다.'

이 부분을 보면서 무연 스님의 아버지 역시 영락없는 시인 지망생이었음을 느낀다. 더이상 무슨 말이 필요할까.

2.

어린 아들은 1968년 경운면민회에 처음 따라갔다가 술에 취한 당신이 고향 친구분에게 구둣발로 맞았던 장면을 생생하게 기억한다. 나 역시 마찬가지다. 장돌뱅이로 식구들을 먹여 살렸던 아버지가 당시 장터에서 술에 취해 장사치들로부터 맞았던 모습과 엇비슷했다. 그런 당신이 6·25전쟁 때 피난 내려오면서 내 고향 충주를 지나갔다는 사실도 묘하게 운명적이다.

'단봇짐에 피곤한 몸으로 충주 고을에 찾아드니/이 마을 제현(諸賢)들은 다 어디로 가고/폐촌(廢村)의 쓸쓸한 빈집에서/몰아치는 설한풍(雪寒風)에 문풍지만 울어댄다/충주 땅 옛 주인이 떠나간 발자취여/너무 서글프다/그 누가 이 백의 족속을 이다지도 고통으로 몰아가는가/충주여, 옛 주인 간 곳 모르거든/이 나그네에게 물어다오'

이는 1950년 12월 피난길에 충주를 지나며 쓴 시 「여수(旅愁)」이다.

내 고향은 설봉이 피난길에 지나치며 폐가에서 쉬어 갔던 충주이다. 어쩌면 기적 같은 일이겠지만 그 폐가는 내 아버지와 가족들이 버리고 떠난 집일 수도 있다. 그래서 더욱 정감이 간다. 아니 눈물겹다.

물론 그 당시 당신이 충주를 지나가면서 많은 피난민 속에 나의 아버지와 조부모 등 가족들을 보았을지도 모른다고 상상하니 싸한 동질감이 든다. 그래서 찡하게 팔이 안으로 굽는 것도 어쩔 수 없는 인지상정이다.

나의 아버지는 1·4후퇴 때 충주에서 대구로 피난 가다가 입대했다. 제주도 훈련소에서 보름 동안 총 쏘는 법만 배우고 강원도 전방으로 투입됐다가 복부 관통상을 입은 상이용사이다.

아마 백마고지 전투처럼 뺐고 빼앗기는 고지전이었을 성싶다. 내 아버지는 어린 무연이 철교에서 보았던 털실 가게 아저씨처럼 붉은 창자를 내놓은 채 버티다가 사흘 만에 발견돼 간신히 살아남았다.

내 아버지도 설봉처럼 나에게 숱한 인생 이야기를 들려

주었더라면 얼마나 좋았을까. 안타깝게도 아버지가 내게 들려준 이야기는 6·25전쟁 당시 전투 장면과 할아버지가 경남 밀양의 땅 부잣집 막내아들이었다는 것이 전부였다.

내가 제대하면 밀양의 큰할아버지를 찾으러 가자던 아버지는 만기 전역 1년 전에 교통사고로 돌아가시고 말았다.

3.

나는 감히 『한 잎의 유서』를 단순히 시집과 해설을 담은 문학서가 아닌 일종의 색다른 역사책으로 표현하고 싶다. 물론 나의 이런 엉뚱한 논리에 토를 다는 작자가 있을지 모르지만, 막상 이 책을 완독하고 나면 그 뜻을 이해하리라.

왜냐? 본서는 기존의 역사책과 다른 방식으로 오히려 더 설득력이 있기 때문이다. 특히 역사책에서 나오지 않는 새로운 사실을 실체적으로 담고 있어 그 존재감이 더욱 빛을 발한다.

우리는 역사 속에 살고 있다. 우리가 알고 있는 과거의 역사는 진정 믿을 만한가?

현대를 살아가는 우리 현실 앞에서도 불과 몇 년 전의 사실조차 부정하지 않는가. 그런데도 과연 수백 년 지난 과거의 역사를 어찌 그대로 받아들일 수 있을까.

역사는 이야기다. 소설이다. 지금 당장 몇 사람을 모아놓고 귓속말로 말 전달하기 게임을 하면 처음 전한 말이 와전되는 것을 경험할 수 있다. 이처럼 눈앞에서도 바뀌는데 하물며 몇 년, 아니 수백 년이 지난 과거의 일들을 어찌 믿을까.

더구나 문자와 언어가 미약했던 과거 시점에 입에서 입으로 전달된 그 역사적 사건들은 얼마나 많이 부풀리고 축소되면서 전해졌을까. 결국 역사는 사실이 아닌 사실이고, 소설이 아닌 소설이다.

최근 벌어지는 정치판 형국만 봐도 역사가 얼마나 왜곡되는지 알 수 있다. 임기가 겨우 5년밖에 안 되는 대통령이 그만두고 정권만 바뀌어도 고작 5년 전의 역사를 부정하고 폐기하는 정국이다. 그러니 몇백 년 전의 역사를 어떻게 신뢰할 수 있을까.

하기는 무연 스님의 선친 이야기도 전해 들은 야사이기에 100% 신뢰할 수는 없지만 그래도 직접적인 연관이 있어 믿을 만하다. 다만 기존의 역사책이나 떠도는 야사에서도 보기 드문 실화이기에 더욱 놀라울 뿐이다. 그래서 이 책에 기록된 민중 역사는 참으로 소중하다.

그 예로 을미사변, 안중근 의사 의거, 연해주 고려인 강제 이주, 6·25전쟁 등이 그렇다. 무연 스님 작가와 연관된 가족사에서 뜻밖의 이들 사건이 재조명되는 탓이다.

기존의 역사서는 을미사변 때 일본인 자객들이 경복궁을 기습해 명성황후를 살해하고 시신을 불태웠다고 밝혔다.

그러나 이 책에는 일본인 자객 몇 명이 경복궁 근처 민가에도 쳐들어가 몹쓸짓을 한 사건도 나온다. 그 당시 스무 살인 외증조모가 일본인 자객들한테 마당 우물가에서 붙잡혀 강제로 능욕당했다는 이야기가 그렇다.

을미사변은 1895년 10월 8일 새벽 일본의 공권력 집단이 서울에서 자행한 조선 왕후(명성황후) 살해사건이다. 러시아와 일전을 준비하던 일제는 조선의 대러시아 관계의 핵심에 고종의 황후가 있다고 판단해 '여우 사냥'을 계획했다.

막 부임한 일본 공사 미우라의 지휘 아래 서울에 주둔하던 일본군 수비대를 바탕으로 일본 공사 관원, 영사 경찰, 신문 기자, 낭인배 등이 경복궁을 습격해 조선 왕조를 능멸했다.

한편, 무연의 큰할아버지는 고향 마을에서 부부의 연을 수십 쌍 맺어준 중매인으로 유명한 분이다. 큰할머니는 안중근 의사와 함께 조선 총독 이토 히로부미를 척살하려 했던 조도선 의사의 친누이다. 즉 큰할아버지와 조도선 의사는 처남 매부 사이이다.

어린 당신은 큰집에 놀러 가면 큰할머니로부터 안중근 의사와 조도선 의사의 거사 이야기를 자주 들었다고 한다.

조도선 의사는 1879년 함경남도 홍원에서 출생해 1895년 러시아로 건너가 세탁업과 러시아어 통역에 종사했다. 1909년 8월 블라디보스토크를 거쳐 만주 하얼빈으로 가서 안중근과 만나고, 그해 10월 러시아 재정대신 코코프체프와의 회담을 위해 하얼빈에 오는 이토 히로부미를 암살하기로 계획했다.

안중근은 하얼빈에서, 조도선은 우덕순·유동하와 함께 채가구역에서 이토가 탄 열차를 기다려 거사하기로 했다.

10월 26일 채가구역에서의 이토 암살은 실패했지만, 열차가 하얼빈역에 도착하자 일본인으로 가장한 안중근이 이토를 사살했다.

조도선 의사는 거사 후 체포돼 1910년 2월 징역 1년 6월형을 선고받고 옥고를 치렀다. 정부는 1962년 조 의사에게 건국훈장 독립장을 추서했다.

1937년 연해주 지역의 고려인 수십만 명이 스탈린 정부의 방침에 따라 중앙아시아 쪽으로 강제 이주한 영빈 당숙 이야기도 그렇다. 살아생전 당신은 외아들이 영빈 당숙의 성향과 기질을 쏙 빼닮았다고 입버릇처럼 말했다고 한다.

1950년 12월 12일 밤, 설봉은 홍원 송령 포구에서 가족들과 눈물의 작별 인사를 나눈다. 그리고 평생 마지막 만남인 줄 모른 채 황포 돛배에 몸을 싣는다.

그 옛날 추운 겨울 바다에서 낡은 돛단배는 3∼4일쯤 걸려 남하했을 터이다. 월남전 패망 이후 겪은 베트남 보트피플 역사가 이미 25년 전에 이루어졌던 셈이다.

그래서 이 책은 실향민 2∼4세대들이 필독해야 할 역사서이다.

설봉은 평양 부근에서 인민의용군 여성 간호부대원들의 끔찍한 참상도 목도한다.

그녀들은 미군기의 폭격으로 처참히 파괴당한 군용차량과 함께 길바닥에 쓰러져 신음하고 있었다. 그 당시 당신은 남한 출신 여학생 인민의용군들이 팔다리가 잘려 나간 채 쓰러져 신음하며 물을 달라고 애원하는 장면을 목격했다.

생지옥이 따로 없는 뜨거운 뙤약볕 아래 서서히 죽어가는 그녀들에게 아무것도 해주지 못해 가슴이 너무 아팠단다. 꽃다운 처녀들은 변변한 치료조차 받지 못한 채 그렇게 불귀의 객이 되고 말았다.

당신은 이런 처참한 역사의 현장을 직접 보면서 구사일생으로 살아남은 것이다.

4.

여섯 살 아들 꼬마 철학자의 기억이 참 기막히고 애절하다.

해가 따라오고 그림자가 왜 생기는지, 붕어와 미꾸라지를 해부하고, 죽은 사람의 모습을 보기 위해 철길 속으로 냅다 뛰었던 어린 소년이 가상하다.

어린 시절 목격한 죽은 사람의 몸속이 '시장 정육점에 진열된 고깃덩어리와 똑같았다'는 표현이 충격적이지만 글귀가 고상하고 놀랍다.

안타깝게도 그분은 부인이 남자 전도사와 눈이 맞은 줄 알고 절망한 나머지 자살했다고 들었다는 것이 과연 진실이었을까. 한 주검의 역사가 참으로 어처구니없다. 이를 어린 나이에 깨달아 꼬마 철학자의 인생관이 달라진 것일까?

나는 무연이 부럽다. 아버지의 소소한 모든 것을 다 기억하는 것이⋯. 나는 내 아버지를 잘 모른다. 그래서 부득불 후회한다.

나는 이 책을 통해 무연 스님이 부친과 얽힌 이야기들을 소상하게 기억하는 데 혀를 내둘렀다. 사실 그런 점이 내심 부럽기까지 했다.

왜냐하면 나는 비슷한 연배인 나의 아버지에 대한 역사를 잘 모르기 때문이다. 물론 자라온 환경이 달라 그런 차이점이 있을 수 있겠지만…. 이른바 작가 지망생과 장돌뱅이의 차이는 그만큼 격차가 크다. 물론 두 분이 자식들을 위해 헌신한 삶은 비슷했겠지만.

나는 아버지의 역사를 잘 모르는데 무연 스님은 소상하게 잘 알고 있었다. 이는 그의 부친이 작가 지망생인 탓에 아들에게 일종의 깨우침을 주기 위해 가르친 결과라고 본다.

설사 그렇더라도 무연이 어린 시절 들었던 아버지의 역사를 온전히 다 기억한다는 것은 정말 탄복할 만하다. 여기서 혹여 무연의 비범성을 부추기면 스스로 불편할지도 모르나 이는 그 누가 봐도 당연한 추론이다.

5.
「한 잎의 유서」는 참 좋은 시다. 1995년 나이가 지긋한 당신이 이 정도의 글을 썼다는 자체가 놀랍다.

'한 잎의 유서'는 이북 함경도 출신 실향민 아버지의 묘비이기도 하다.

당신은 한국전쟁 당시 인민군 보충병으로 강제 징집되어 끌려가는 도중 극적인 탈출로 구사일생한다. 북한 공산당 체제하에서 자아비판을 여러 번 강요당하는 등 반동분자로 몰려 남하할 수밖에 없었다.

당신은 기성 문인들과 함께 어울리지 못하고 한국 문단의 변방에서 외톨이 문학을 통해 참된 인생의 가치와 삶의 의미를 찾기 위해 글을 쓴 산증인이다.

나는 여기서 감히 말한다. 문학은 반드시 대학을 나와야 하는 것이 아닌, 그저 단순히 한글만 알아도 가능한 것이라고….

비록 보통학교 4학년 중퇴인 당신이 바로 이를 증명한다.

게다가 당신은 〈이북공보〉란 북한 실향민 신문의 지방 주재기자로도 활약했다.

당신은 다재다능한 분이었음에도 불우한 인생을 살다가 허공으로 돌아가셨다. 만일 좋은 시절에 태어났다면 당신의 인생이 상당히 달라졌을 것 같은 아쉬움이 많이 남는다.

무연은 당신의 죽음을 2000년 4월 3일 허공으로 돌아갔다고 표현했다. 참 스님다운 간결하면서도 어려운 표현이다.

그러면서 "먼 훗날, 아들 또한 한 줌의 재가 되어 당신의 봉안묘에 함께 안치되기를 간절히 소망한다"고 썼다. 이런 아들의 소망이 눈물겹다.

그러나 이런 소망을 들어줄 이가 과연 누가 있을까. 왜냐하면 아들은 결혼하지 않아 자식이 없기 때문이다. 물론 조카들이 있지만, 이 어려운 소망을 과연 들어줄까?

하지만 나는 그 소망이 이어지기를 기대한다. 나 역시 마찬가지이니까….

- 박관식 (소설가 · 서울예대 문창과 동문회장)